PROFIL BAC

Collection créée par Georges Décote

Jacques le Fataliste

(1796)

Denis Diderot

Hubert Curial

Agrégé de l'Université

Docteur ès lettres

Sommaire

Résumé et repères pour la lecture

Problématiques essentielles

 ISSN 0750-2516 ISBN 2-218-92337-8

TROISIÈME PARTIE

Lectures analytiques

Toutes les références de pages renvoient à l'édition Gallimard de Jacques le Fataliste, *coll. «Folio», n° 763.*

Édition : Luce Camus
Maquette : Tout pour plaire
Mise en page : Ici & Ailleurs

FICHE PROFIL

Jacques le Fataliste (publié en 1796)

Denis Diderot (1713-1784)

Roman satirique et philosophique — XVIIIe siècle

RÉSUMÉ

Jacques chemine en compagnie de son maître qui, pour agrémenter le voyage, lui demande de raconter l'histoire de ses amours. Bavard, « fataliste » en ce sens qu'il croit que « tout ce qui nous arrive de bien et de mal ici-bas [est] écrit là-haut », Jacques explique comment, blessé à la bataille de Fontenoy, il est devenu boiteux et amoureux. Une rencontre avec des brigands, la perte d'une bourse, d'un cheval, la vue d'un char funèbre que Jacques pense, à tort, être celui de son capitaine, bref, une succession d'incidents, ainsi que des interventions personnelles de Diderot s'adressant au lecteur, interrompent à plusieurs reprises Jacques dans son récit.

Un orage retient les deux voyageurs dans une auberge. La patronne leur raconte l'histoire de Mme de la Pommeraye, et comment celle-ci s'est cruellement vengée de son amant qui la délaissait. Le voyage se poursuit, et Jacques reprend son récit, parsemé de l'histoire de son capitaine, de celles du généreux M. Le Pelletier, de l'original Gousse et de l'hypocrite père Hudson. Quant à ses amours, Jacques finit par dire comment il fit la connaissance de Denise.

Un mal de gorge obligeant le valet à se taire, le maître entreprend de raconter ses propres amours. Trompé par son ami le chevalier de Saint-Ouin, il a dû endosser la paternité de l'enfant de cet escroc. C'est précisément chez la nourrice qui élève l'enfant que le maître se rend.

Les voici arrivés. Par un hasard malencontreux, Jacques et son maître parviennent chez la nourrice au moment où en sort le chevalier de Saint-Ouin. Le maître le tue en duel et s'enfuit. Jacques, quant à lui, est arrêté, jugé et emprisonné.

Diderot propose à son lecteur de choisir entre trois fins possibles : une conclusion tendre, qui voit Jacques quémander et obtenir les faveurs de Denise; un épilogue, plus paillard et plus coquin; et une fin romanesque à souhait : libéré de prison par les brigands de Mandrin, Jacques s'agrège à leur troupe et obtient de Mandrin de ne pas piller le château de Desglands où son maître a trouvé refuge; là se trouve aussi Denise qu'il finit par épouser.

PERSONNAGES PRINCIPAUX

– **Le maître** : aristocrate oisif, orgueilleux, tour à tour autoritaire et bienveillant envers son valet, il s'efforce d'autant plus d'affirmer et de maintenir son prestige que ses mésaventures et les réactions de Jacques le discréditent progressivement.

– **Jacques** : sans patronyme, valet de son maître et bavard impénitent, Jacques est un personnage picaresque : ses divers emplois l'ont conduit partout et dans presque tous les milieux sociaux. Volontiers paillard, c'est aussi « une espèce de philosophe », convaincu que la destinée de chacun est écrite d'avance sur « le grand rouleau ».

– **Diderot** : par ses multiples interventions, l'auteur devient un acteur de son récit. Feignant de ne pas être un romancier démiurge mais l'observateur de ses personnages, il commente son propre récit.

CLÉS POUR LA LECTURE

1. Un antiroman

Diderot parodie le genre romanesque traditionnel, en remettant notamment en cause les rapports de l'auteur avec son lecteur, et en brisant toute illusion romanesque.

2. Un roman philosophique

Le fatalisme de Jacques soulève plusieurs questions fondamentales : en effet, si le fatalisme existe, que devient la liberté ? Comment apprécier ou juger les actions des hommes ? S'agit-il de fatalisme ou de déterminisme ?

3. Un roman satirique

Le roman brosse un panorama critique de la société du XVIIIe siècle : gens d'Église, nobles et bourgeois sont allègrement mais durement dépeints.

Diderot, repères biographiques

Conçu et écrit par étapes à partir de 1765, la rédaction de *Jacques le Fataliste* s'étend sur plus de vingt ans. Le roman est d'abord publié en feuilleton dans la *Correspondance littéraire* de Grimm[1], entre 1778 et 1780. Le volume complet paraît en 1796. *Jacques le Fataliste* occupe donc une grande partie de l'existence de Diderot, de sa cinquante-troisième année aux dernières années de sa vie.

UNE JEUNESSE AVENTUREUSE

Denis Diderot naît en 1713 à Langres (dans l'actuel département de la Haute-Marne). Sa famille le destine à la prêtrise, et sa vie semble toute tracée. Mais le jeune Denis s'aperçoit très vite qu'il n'a aucune vocation religieuse, et, à l'âge de quinze ans, il s'enfuit à Paris. Entre 1728 et 1741, Diderot mène une existence vagabonde et fantaisiste, sur laquelle on possède peu de renseignements. On sait seulement qu'il obtient en 1732 sa « maîtrise de lettres ».

En 1741, Diderot s'éprend d'une marchande de lingerie, Anne-Toinette Champion. Ses parents se montrant hostiles à son mariage, il l'épouse secrètement. Des quatre enfants qui naîtront de leur union, trois mourront en bas âge.

LES DÉBUTS D'UN PHILOSOPHE

Pour subvenir aux besoins de sa famille, Diderot traduit des ouvrages anglais, dont l'*Essai sur le mérite et la vertu* de Shaftesbury

1. Cette *Correspondance* de l'écrivain et critique allemand Grimm (1723-1807) était une revue littéraire et philosophique, diffusée en Europe et renseignant sur la vie intellectuelle à Paris.

(1645). Il se fait surtout connaître par ses *Pensées philosophiques* (1746). L'ouvrage est aussitôt condamné par le Parlement de Paris, qui le juge « contraire à la religion et aux bonnes mœurs » : Diderot y développe en effet des thèses ouvertement matérialistes[1]. Il récidive dans la *Lettre sur les aveugles à l'usage de ceux qui voient* (1749), ouvrage qui lui vaut, cette fois, d'être incarcéré au château de Vincennes du 24 juillet au 3 novembre 1749.

L'*ENCYCLOPÉDIE*

Depuis 1746, Diderot assume en outre la direction de l'*Encyclopédie*. À l'origine, il ne s'agit que de traduire en français la *Cyclopedia,* un dictionnaire de l'Anglais Chambers. Mais très vite, Diderot imagine un tout autre projet : celui de publier un « dictionnaire raisonné des sciences, des arts et des métiers », qui soit la première encyclopédie moderne.

L'entreprise est immense : Diderot s'entoure de plus de deux cents collaborateurs, et il y consacrera près de vingt ans de sa vie. Au fur et à mesure que paraissent les différents volumes de l'*Encyclopédie*, il se heurte à l'opposition croissante et virulente des pouvoirs politiques et religieux. Diderot et les encyclopédistes sont tour à tour accusés d'hérésie[2], d'impiété et de subversion. L'ouvrage est condamné en 1752, en 1757 et en 1759. Diderot n'en poursuit pas moins son travail, parfois clandestinement. Avec la parution des planches et dessins en 1772 s'achève la bataille de l'*Encyclopédie*[3]. C'est le triomphe des philosophes et des Lumières.

UN DRAMATURGE NOVATEUR

Infatigable, Diderot, tout en assumant la direction de l'*Encyclopédie,* se passionne pour le théâtre. Il invente le *drame bourgeois,*

1. *Matérialisme* : doctrine philosophique selon laquelle il n'existe pas d'autre substance que la matière et qui rejette, par voie de conséquence, toute explication religieuse du monde.
2. *Hérésie* : toute doctrine déviant de l'enseignement de l'Église et que celle-ci condamne.
3. Les volumes contenant les différents « articles » du dictionnaire ont fini d'être publiés six ans plus tôt, en 1766.

qu'il définit comme une « tragédie domestique », par opposition à la tragédie classique du XVIIe siècle[1]. La peinture des conditions sociales l'emporte sur celle des caractères. Deux pièces illustrent les théories de Diderot : *Le Fils naturel* (1757) et *Le Père de famille* (1758). Parallèlement, il expose ses idées en matière de théâtre dans deux ouvrages théoriques : *Les Entretiens sur le Fils naturel* (1757) et le *Discours sur la poésie dramatique*.

UN ROMANCIER CONTESTATAIRE

L'activité de Diderot s'étend également à la création romanesque. Dès 1748, il publie un roman libertin, *Les Bijoux indiscrets.* De 1760 à 1761, il écrit et remanie *La Religieuse,* qui ne sera publié qu'en 1796, douze ans après la mort de l'auteur. Présentant la vie dans les couvents comme antinaturelle, le roman est violemment anticlérical.

Entrepris en 1762, modifié en 1777, *Le Neveu de Rameau* sera édité pour la première fois en France en 1891. Seul *Jacques le Fataliste* paraît du vivant de Diderot (du moins en feuilleton).

À chaque fois Diderot s'affirme comme un romancier contestataire : non seulement par ses prises de position qui vont à l'encontre de la morale et des pratiques dominantes, mais aussi et surtout parce qu'il remet profondément en question le genre romanesque lui-même. Bannissant toute intrigue « romanesque », linéaire et cohérente, refusant la traditionnelle omniscience du romancier sur ses personnages, brisant et dénonçant toutes les conventions narratives, Diderot écrit, avec *Le Neveu de Rameau* et plus encore avec *Jacques le Fataliste,* des romans qui sont des antiromans[2].

LE CRITIQUE D'ART

Depuis 1757, Diderot rédige par ailleurs des comptes rendus sur les expositions de peinture et de sculpture qui se tiennent tous les

1. Contrairement à la tragédie classique qui met en scène des rois et des princes aux prises avec des problèmes politiques, le drame bourgeois campe des personnages ordinaires en butte aux malheurs et aux difficultés de la vie quotidienne.
2. Voir le chapitre 6, p 85.

deux ans à Paris. Il les publie régulièrement jusqu'en 1771, puis en 1775 et 1781.

Le dramaturge qu'il est réfléchit aussi sur le jeu des acteurs. Dans le *Paradoxe sur le comédien* (commencé en 1773, remanié en 1778 et publié seulement en 1830), il s'interroge sur les qualités d'un vrai comédien : le « paradoxe », dit-il, est que, pour jouer avec le plus de sensibilité possible, l'acteur doit maîtriser ses propres sentiments. S'il se laisse submerger par l'émotion, il perd en effet une grande partie de ses moyens.

LES TRISTESSES ULTIMES

À l'invitation de Catherine II de Russie, qui lui a acheté sa bibliothèque, Diderot séjourne cinq mois à Saint-Pétersbourg en 1773. Mais il ne parviendra pas à convaincre la souveraine d'adopter pour la Russie un programme libéral de réformes sociales.

Épuisé par son séjour en Russie et par des années de travail ininterrompu, Diderot s'efforce de mener une vie plus calme. Il n'en continue pas moins de poursuivre son combat philosophique en faveur du matérialisme avec l'*Entretien d'un philosophe avec la Maréchale de...* (1776). Son *Essai sur les règnes de Claude et de Néron* (1778-1782) est une méditation désenchantée sur la faible influence des philosophes sur les « tyrans » et les hommes politiques en général.

De nombreuses disparitions endeuillent ses dernières années : Voltaire et Rousseau meurent en 1778 ; Sophie Volland, l'amie intime, fidèle et aimée, qu'il a rencontrée en 1755, meurt à son tour en 1784. Lui-même décède le 31 juillet 1784, à l'âge de soixante-dix ans.

(Conformément au contrat de vente passé avec Catherine II, la bibliothèque et les manuscrits de Diderot sont acheminés à Saint-Pétersbourg, où ils se trouvent toujours.)

PREMIÈRE PARTIE

Résumé et repères pour la lecture

Deux hommes, Jacques et son maître, chevauchent sur une route, quelque part en France. D'où viennent-ils ? Où vont-ils ? On l'ignore. Pour meubler le temps, Jacques entreprend le récit de ses amours. Mais les réflexions de son maître, les interventions personnelles de Diderot, de menus incidents de voyage et de nombreux récits secondaires effectués par des personnages rencontrés chemin faisant l'interrompent sans cesse. Jacques, d'ailleurs, adore tellement parler que lui-même s'écarte souvent de son sujet pour philosopher ou pour raconter une aventure survenue à l'un de ses amis.

Discours et péripéties s'enchevêtrent ainsi dans le plus grand désordre apparent. *Jacques le Fataliste* est un roman de la route... qui déroute les lecteurs habitués à découvrir dans le texte romanesque une intrigue suivie : la chronologie y est bafouée, la trame décousue et l'action inexistante. L'établissement d'un résumé n'en devient que plus nécessaire. Le voyage des deux personnages durant neuf jours, on le détaillera jour après jour.

PREMIÈRE JOURNÉE (pages 35 à 37)[1]

RÉSUMÉ

Diderot refuse avec désinvolture de présenter ses personnages[2].

Sans transition, Jacques approuve l'opinion de son capitaine qui, du temps où il était soldat, lui disait que tout est écrit à l'avance sur le registre du destin. Jacques en veut pour preuve ses propres mésaventures. S'il ne s'était pas querellé avec son père, il ne se serait pas engagé dans l'armée ; s'il ne s'était pas engagé, il n'aurait pas été blessé au genou lors de la bataille de Fontenoy[3] ; et s'il n'avait pas été blessé, il ne serait jamais devenu boiteux... ni amoureux.

1. Page 37 jusqu'à : « Mais ils en seront quittes l'un et l'autre pour une mauvaise nuit, et vous pour ce délai ».
2. Le résumé des interventions de Diderot dans le récit apparaît en italique, et le résumé des histoires racontées par les différents personnages ou Diderot lui-même est composé dans une typographie plus petite.
3. *Fontenoy* : village de Belgique, dans le Hainault, où, le 11 mai 1745, les Français battirent une coalition anglo-hollandaise. Cette victoire permit à la France de conclure trois ans plus tard, en 1748, la paix d'Aix-la-Chapelle.

Invité par son maître à s'expliquer, Jacques ne peut en dire davantage. Il s'aperçoit en effet qu'ils se sont égarés. La nuit survient, ce qui les force à dormir à la belle étoile.

Diderot intervient ironiquement pour affirmer qu'un auteur de roman est libre de mener l'action à sa guise.

REPÈRES POUR LA LECTURE

Une dénonciation des conventions romanesques

D'emblée s'élève la voix de l'auteur, qui interpelle avec désinvolture son lecteur :

> Lecteur [.....] il ne tiendrait qu'à moi de vous faire attendre [...] (p. 36).

En avouant ignorer d'où viennent Jacques et son maître, où ils vont, comment ils se sont rencontrés, Diderot refuse d'être un romancier omniscient. À peine est-elle suggérée que l'intrigue est aussitôt escamotée. « Jacques commença l'histoire de ses amours. » On s'attend en conséquence à leur récit. Mais la nuit survient et il est l'heure de dormir ! L'*incipit* brise toutes les conventions romanesques. D'ailleurs Diderot intervient pour dénoncer l'arbitraire de l'imagination du romancier : « Qu'il est facile de faire des contes ! » (p. 37). Déconcerté, le lecteur reste agacé, et séduit par tant de verve moqueuse.

La création d'un nouvel univers romanesque

En même temps qu'il raille les conventions romanesques, Diderot les réutilise par un détour habile. S'il s'affirme, en effet, extérieur à ses personnages, se bornant à les observer et les écouter, il n'en proclame pas moins ses droits de créateur : « Qu'est-ce qui m'empêcherait de marier le maître et de le faire cocu ? » (p. 37). En tant qu'observateur, il devient par là même un personnage de son propre roman, évoluant dans le même univers que Jacques et son maître. En tant que créateur, il demeure libre de mener la fiction à sa guise. Les distinctions traditionnelles entre auteur et personnage s'effacent.

Comme elles s'estompent également entre le lecteur et les personnages. En interpellant le lecteur, Diderot le met à distance de sa fiction et l'y intègre à la fois. Nous voici sommés de réagir aux propos et mésaventures de Jacques et de son maître, comme si nous étions leurs invisibles compagnons de route – tout en sachant que tel n'est pas le cas.

Ce jeu constant d'inclusion et d'exclusion provoque un subtil télescopage entre les temps du voyage, du récit et de l'écriture. La première réplique du maître (« C'est un grand mot que cela », p. 35) appartient au temps du voyage, mais elle répond à une formule de Jacques qui relève du temps du récit (« [...] tout ce qui nous arrive de bien et de mal ici-bas était écrit là-haut », *ibid.*). Le présent de l'écriture est celui des interventions de Diderot : « Vous voyez, lecteur, que je suis en beau chemin [...] » (p. 36). Les repères chronologiques se brouillent, se confondent, ou se superposent.

En fait, la rupture de l'illusion et des conventions du roman met en place un nouveau romanesque.

Une force significative

L'*incipit* est constitué du récit (à la 3e personne) du voyage de Jacques et de son maître, de leur dialogue et des adresses de l'auteur au lecteur. L'ensemble donne une apparence de décousu. En réalité, cette discontinuité forme déjà sens. Elle incarne et matérialise une des idées majeures de l'œuvre. Si, comme le croit Jacques, le destin nous gouverne, nous ignorons en revanche tout ce qui est « écrit là-haut ». Faute de ce savoir, tout paraît dès lors incohérent, fragmenté, comme le voyage, sans but connu, de Jacques, comme la vie : « Est-ce que l'on sait où l'on va ? » (p. 35). C'est une errance dans laquelle tout est divers et possible.

DEUXIÈME JOURNÉE (pages 37 à 49)[1]

RÉSUMÉ

Les deux hommes reprennent la route. Pour aller où ? Intervention de Diderot, qui apostrophe son lecteur : qu'est-ce que cela peut bien

1. Depuis : « L'aube du jour parut » (p. 37) jusqu'à : « mais il n'y dormit pas de même » (p. 43).

lui faire de le savoir? S'il « entame le sujet de leur voyage, adieu les amours de Jacques » (p. 37).

Jacques reprend donc son récit. Sa blessure au genou le faisait terriblement souffrir. Son maître en doute. Jacques proteste. Une rencontre inopinée avec un cavalier, portant une femme en croupe, interrompt leur débat. L'homme, chirurgien de son état, confirme que la blessure au genou est une des plus douloureuses qui soit. D'ailleurs, pour le « démontrer »... Dans son dos, la femme le presse d'aller de l'avant. Le chirurgien s'entête, veut « démontrer ». Et sur un geste maladroit, la femme se retrouve à terre, « les cotillons renversés sur sa tête ». Jacques l'aide à remonter à cheval. Diderot imagine les développements romanesques qu'il donnerait à cet épisode, s'il lui en prenait la « fantaisie ».

Le chirurgien et la femme s'éloignent. Jacques reprend son récit. Avec d'autres blessés, il fut chargé dans une charrette pour être transporté à l'hôpital. Lors d'une halte, une paysanne le prit en pitié, et finalement l'hébergea. Non, contrairement à ce qu'avance son maître, il ne tomba pas amoureux de son hôtesse. Que dire d'ailleurs si tel avait été le cas? Est-on libre « de devenir ou de ne pas devenir amoureux? » (p. 40). S'ébauche alors une discussion philosophique : si « tout ce qui nous arrive de bien et de mal en ce monde est écrit là-haut » (p. 40), de quoi sommes-nous responsables?

Le soir tombe. Jacques et son maître s'arrêtent dans une auberge, qui se révèle être un repaire de brigands. Indigné que ceux-ci aient tout dévoré à leur dîner et qu'ils maltraitent un valet, Jacques, pistolets aux poings, les enferme à double tour dans leurs chambres et emporte leurs vêtements. Au moins lui et son maître pourront dormir en paix!

REPÈRES POUR LA LECTURE

La fiction romanesque de nouveau dénoncée

Les commentaires de Diderot sur la chute de la femme soulignent l'arbitraire des conventions narratives : « Je donnerais de l'importance à cette femme; j'en ferais la nièce d'un curé du village voisin;

j'ameuterais les paysans du village. Je me préparerais des combats et des amours [...] », nous dit-il (p. 38). L'emploi du conditionnel détruit systématiquement l'illusion romanesque. Le lecteur qui s'attend à une histoire racontée selon les procédés traditionnels, n'en est que plus frustré.

Deux saynètes comiques

La femme tombant de cheval et l'enfermement des brigands sont deux petites scènes plaisantes qui, pour l'essentiel, renvoient au comique de farce :

– par la maladresse et l'obstination du chirurgien, les suggestions polissonnes sur les « cotillons » de la femme « renversés sur sa tête » (« car enfin cette paysanne était belle sous le linge. Jacques et son maître s'en étaient aperçus », p. 38) ;

– par la réaction des brigands qui sont terrorisés, au lieu de terroriser : voilà qui s'apparente au comique de situation.

TROISIÈME JOURNÉE (pages 43 à 58)[1]

RÉSUMÉ

Au petit matin, le maître presse son valet de quitter l'auberge au plus vite. Mais, fidèle à ses principes, Jacques se lève sans hâte : à quoi bon se dépêcher si le destin a décidé que les brigands les attaqueraient ? Il n'en prend pas moins la précaution d'emporter les clés des chambres. Le temps que les brigands défoncent les portes, eux seront loin.

Le maître objecte à Jacques qu'en agissant de la sorte, il va contre ses propres principes : si la fatalité est toute-puissante, l'homme, fût-il des plus prudents, ne peut échapper à sa destinée. Un bref débat s'engage sur le sujet. Mais l'arrivée d'une troupe armée coupe court à la discussion.

Soutenant qu'il n'écrit pas un roman, Diderot confirme ne rien savoir de cette troupe. Celle-ci passe, et Jacques revient au récit de

1. Depuis : « Dès la pointe du jour » (p. 43) jusqu'à : « que la chose qui était écrite en haut » (p. 58).

ses amours. Les paysans qui l'hébergeaient étaient allés chercher un chirurgien pour soigner son genou. Trois se présentèrent, qui burent beaucoup. Le paysan pestait contre ces dépenses imprévues, répétant sans cesse au sujet de sa femme : « Que diable faisait-elle à sa porte[1] ? » (p. 50) quand elle vit passer la charrette des blessés. Diderot refuse de s'étendre davantage. La satire des médecins et le comique de répétition rappelleraient trop Molière[2], et la description d'une opération chirurgicale serait de mauvais goût.

Voilà donc Jacques opéré, pansé, recouché... et que, ironie du sort, son maître tombe de cheval, se blesse au genou et concède à Jacques que c'est une douleur atroce. Après une rapide discussion sur le fait de savoir s'il faut réellement souffrir pour avoir une idée de la douleur, Jacques reprend son récit. De son lit, il entend la conversation des deux époux, les plaintes du mari : qui paiera les soins ? D'autant que l'année est mauvaise et les récoltes maigres. Tout finit par des débats amoureux, « le seul plaisir qui ne coûte rien » (p. 54).

Une réflexion du maître engendre une querelle sur le caractère et la vertu des femmes. Un orage éclate. Les voyageurs passent la nuit – Diderot se refuse à toute précision – n'importe où, dans un « château ». Que le lecteur imagine ce qu'il veut !

REPÈRES POUR LA LECTURE

Le refus du romanesque

Une fois encore, Diderot prétend s'affranchir de la fiction : il dit ignorer ce qu'est la troupe armée qui croise le chemin de Jacques et de son maître. Il refuse d'être un narrateur omniscient, se contentent d'accompagner ses personnages et ne rapportant que ce qu'il voit ou entend d'eux[3]. De même quand il omet de décrire l'opération, il repousse les facilités du romanesque : « Je vous fais grâce de toutes ces choses » (p. 49).

---

1. Diderot pastiche ici l'exclamation que Molière prête à Géronte dans *Les Fourberies de Scapin* (1671) : « Mais que diable allait-il faire dans cette galère ? » (II, 7).
2. En effet, dans ses comédies, Molière s'est souvent moqué des médecins : voir par exemple *Le Malade imaginaire* (1673) ou *L'Amour médecin* (1665).
3. C'est ce que l'analyse littéraire appelle la *vision avec* : l'auteur ou le narrateur n'est que l'observateur et l'accompagnateur de ses personnages.

Le XVIIIe siècle méprisait le roman pour ses invraisemblances. Pour avoir l'air vrai, Diderot nie donc être romancier. Le lecteur n'est pas dupe pour autant. L'œuvre qu'il découvre reste une fiction, mais qui modifie les rapports traditionnels avec l'imaginaire.

Le réalisme social

L'épisode paysan revêt d'évidents aspects comiques : satire des médecins, comique de répétition, préliminaires plaisants aux ébats des époux. Mais sa valeur documentaire n'en est pas moins réelle. Diderot se montre attentif à la misère du monde paysan, frappé en 1770 par une grave crise économique : « L'année est mauvaise; à peine pouvons-nous suffire à nos besoins et aux besoins de nos enfants. Le grain est d'une cherté! Point de vin! Encore si l'on trouvait à travailler; mais les riches se retranchent[1] ; les pauvres gens ne font rien; pour une journée qu'on emploie, on en perd quatre » (p. 53).

Diderot s'indigne et s'émeut, d'autant que la pauvreté provoque une insécurité générale : « Ils traversaient une contrée peu sûre en tout temps, et qui l'était bien moins encore, alors que la mauvaise administration et la misère avaient multiplié sans fin le nombre des malfaiteurs » (p. 41).

Fatalisme et liberté

Avec la lenteur de Jacques à quitter l'auberge et les clés qu'il emporte dans sa poche, Diderot traite sur le mode plaisant une question philosophique majeure sur le déterminisme et la liberté. En effet, si, comme le soutient Jacques, « tout est écrit là-haut », à quoi bon agir, lutter, penser? Pourtant Jacques se comporte avec prudence en neutralisant les brigands. Il affirme sa liberté et entre, par là même, en contradiction avec ses principes. Certes, dit-il, « le calcul qui se fait dans nos têtes, et celui qui est arrêté sur le registre d'en haut, sont deux calculs bien différents » (p. 46). C'est en tout cas une première entorse au fatalisme dont il se réclame.

1. *Se retrancher* : réduire ses dépenses.

RÉSUMÉ

Le maître et son valet repartent le lendemain. En chemin, le premier s'aperçoit qu'il a oublié sa montre, et le second la bourse contenant l'argent du voyage. Jacques fait demi-tour pour aller les récupérer quand il croise un marchand ambulant dans les affaires duquel il reconnaît la montre de son maître. Jacques la prend sans vouloir la payer. Cris du marchand, attroupement de paysans, échauffourée : Jacques est ligoté, puis conduit devant le lieutenant de police de la ville de Conches, où, soudain, *Diderot feint de se souvenir que Jacques et son maître avaient passé la nuit et, précisément, chez ce lieutenant qui est un de ses amis*. Celui-ci apaise la querelle, rend la montre à Jacques et renvoie le marchand. Reste la bourse contenant l'argent du voyage, également oubliée. Une jeune fille est soupçonnée de l'avoir prise. Mais elle prétend l'avoir reçue de Jacques en remerciement des faveurs qu'elle lui aurait accordées. Malgré les protestations de Jacques, le lieutenant de police donne une partie de l'argent à la jeune fille.

Mécontent d'avoir été dupé, Jacques retrouve son maître endormi au pied d'un arbre et sans son cheval qui a mystérieusement disparu. Après lui avoir raconté ses mésaventures, Jacques reprend le récit de ses amours. Il évoque sa convalescence chez ses hôtes paysans, de plus en plus inquiets devant le nombre de bouteilles de vin bues par les chirurgiens venant visiter le blessé.

Sur ce Diderot se moque des mauvais romans comme des mauvais romanciers, et il se lance à ce propos dans une anecdote.

Histoire du poète de Pondichéry[2] racontée par Diderot (p. 72-73). Un jeune poète sans ressources sollicite l'avis de Diderot sur des vers qu'il vient d'écrire. Les jugeant médiocres et se désolant de voir leur auteur si pauvre, Diderot lui conseille de songer à s'enrichir, en allant par exemple chercher fortune à Pondichéry. Douze ans plus tard, le poète revient voir

1. Depuis : « Ce qu'il y a de vrai » (p. 58) jusqu'à : « C'est mon projet » (p. 73).
2. Ville des Indes, située sur l'océan Indien.

Diderot. Il est allé à Pondichéry, s'y est enrichi et il continue à composer des vers qui sont toujours aussi mauvais. Mais qu'importe, puisque son sort matériel s'est amélioré !

REPÈRES POUR LA LECTURE

La structure narrative

Comme il le fait depuis le début, Diderot brise la continuité linéaire de son texte en entrecroisant plusieurs fils :

– la poursuite du récit du voyage de Jacques et de son maître ;

– les réflexions que Diderot fait au lecteur : « Voilà le maître et le valet séparés, et je ne sais auquel des deux m'attacher de préférence. Si vous voulez suivre Jacques, prenez-y garde [...]. Si [...] vous prenez le parti de faire campagne avec son maître, vous serez très poli, mais très ennuyé » (p. 59) ;

– le récit que Diderot introduit à l'intérieur du récit général en racontant l'histoire du poète de Pondichéry (p. 72-73).

Plus que jamais, auteur et lecteur deviennent des personnages du roman au même titre que Jacques et son maître.

Les portraits inversés du valet et du maître

« Jacques et son maître » : l'expression traduit un rapport hiérarchique, de dépendance pour le premier, de supériorité pour le second.

Or le portrait que Diderot brosse du « maître » ne justifie pas sa supériorité sociale. À l'inverse de son valet qui est actif, courageux, inventif, il ne fait rien et n'est même rien. Diderot le compare à un « automate », qui « se laisse exister » (p. 59). « Sans sa montre, sans sa tabatière et sans Jacques », il ne sait que devenir (p. 60). Passif, il s'endort quand Jacques se démène. Négligent, il se laisse voler son cheval. Il n'en est pas moins violent, prêt à insulter ou battre son valet. Sa richesse est le seul fondement de son autorité et de sa position dans la société. Ce portrait d'un homme sans qualités a une portée satirique et même politique : c'est la dénonciation de l'inutilité des classes possédantes.

Deux scènes satiriques

Déjà esquissée, la satire des médecins s'approfondit. Les chirurgiens qui s'occupent de Jacques s'opposent sur le diagnostic. Celui qui finit par sauver la jambe du valet est un ivrogne invétéré (« nous boirons un coup, cela rend la main sûre ! » p. 68), et cupide. On retrouve là les thèmes traditionnels de la satire des médecins depuis Rabelais et Molière.

L'histoire du poète de Pondichéry fait la satire de ceux qui s'imaginent que la passion et peut-être la vocation peuvent tenir lieu de talent et de génie. Mieux vaut s'adonner à une autre occupation et, par exemple, faire fortune que de composer, dans la misère, de mauvais vers. C'est ce qu'entreprend le jeune homme sur les conseils de Diderot. Des vers seront toujours détestables, mais il aura du moins assuré son existence.

QUATRIÈME JOURNÉE [II] (pages 74 à 99)[1]

RÉSUMÉ

Retour au récit du voyage : le maître achète un nouveau cheval, le donne à Jacques et s'approprie celui de son valet. Jacques reparle de ses amours, mais c'est presque aussitôt pour évoquer son frère et le père Ange.

Histoire du père Ange, racontée par Jacques (p. 76 à 81). Actif, intelligent et rusé, Jean, le frère de Jacques, avait conçu l'orgueilleux projet de diriger le couvent où il était simple moine. Pour le punir de son ambition, les autres religieux le ravalèrent au rang le plus bas de la communauté : celui de charbonnier. Arrive sur ces entrefaites le père Ange : séduisant prédicateur, il attire bientôt à lui toutes les dévotes de la région. Ici, Jacques s'interrompt, car son cheval s'est emballé et – sinistre présage – va s'arrêter au pied d'un gibet. Jaloux du père Ange, les moines le maltraitent, le séquestrent et le font passer pour fou. Jean le prend en pitié ; tous deux s'évadent, s'enfuient à Lisbonne où ils périssent lors du tremblement de terre de 1755[2].

1. Depuis : « Vous allez croire, lecteur » (p. 74) jusqu'à : « jusqu'à ce qu'ils se soient rejoints » (p. 99).
2. Le 1er novembre 1755, un tremblement de terre détruisit la plus grande partie de Lisbonne. Voltaire avait déjà fait allusion à cette catastrophe dans *Candide* (chap. 5).

Retour au récit du voyage : Jacques et son maître s'entretiennent de la méchanceté naturelle des moines. Un convoi funèbre croise leur route. Jacques croit reconnaître, d'après les armes qui sont déposées dessus, le cercueil de son capitaine, et il pleure sa mort.

Apologue d'Ésope[1] raconté par Diderot (p. 83). Diderot prend la parole pour justifier son refus de dire où vont ses personnages et raconte ce qui arriva à Ésope. Celui-ci se rendait aux bains publics. En chemin, la police d'Athènes l'arrêta et lui demanda où il allait. En philosophe, Ésope répondit que, dans la vie, on ne sait jamais où on va. Il fut aussitôt conduit en prison. Moralité de l'histoire : qui peut dire à l'avance ce qu'il fera? Diderot ne peut donc informer ses lecteurs du lieu où vont ses personnages.

Retour au récit du voyage : le maître console Jacques, désespéré par la mort de son capitaine, quand le convoi funèbre, qui a fait demi-tour, repasse devant eux. Le prêtre et le cocher, escortés par la police, ont les mains liées derrière le dos. Ce n'étaient que des contrebandiers qui se servaient d'un cercueil comme d'une malle pour transporter discrètement leurs marchandises. Jacques exulte : son capitaine n'est donc pas mort!

Histoire de M. Le Pelletier, racontée par Jacques (p. 90 à 92). Au temps où Jacques se trouvait avec son capitaine en garnison à Orléans, M. Le Pelletier, homme très charitable, quêtait de porte en porte pour les malheureux de la ville, après avoir dépensé sa propre fortune pour les secourir. Excédé par ses continuelles demandes, un Orléanais le gifla : « Cela c'est pour moi; mais mes pauvres? » répliqua en riant M. Le Pelletier. Et chacun de l'admirer sauf le capitaine qui s'indigna que M. Le Pelletier n'ait pas provoqué en duel celui qui l'avait giflé. Conclusion : ce qui semble sublime aux uns paraît scandaleux aux autres; il est donc difficile de juger du comportement humain.

Retour au récit du voyage : pour la deuxième fois, le cheval de Jacques s'emballe et s'arrête net au pied d'une potence. Le valet s'inquiète, puis, rassuré par son maître, il conte l'histoire de son capitaine.

---

1. Un *apologue* est une fable. Ésope est un fabuliste grec du VIe siècle avant notre ère, dont La Fontaine s'est beaucoup inspiré.

Histoire du capitaine, racontée par Jacques (p. 97 à 99). C'est celle d'une étrange amitié entre le capitaine de Jacques et un officier, à la fois incapables de se supporter et de vivre séparés. Tantôt ils sont les meilleurs amis du monde, et ils festoient joyeusement ; tantôt ils deviennent des ennemis mortels, et ils se battent férocement en duel au moindre prétexte.

REPÈRES POUR LA LECTURE

Un réquisitoire anticlérical

L'histoire du frère de Jacques et du père Ange constitue une féroce critique de la vie religieuse. Les moines n'ont aucune vertu, mais tous les vices : jalousie, hypocrisie, méchanceté, cupidité. « Le meilleur d'entre eux ne vaut pas grand argent » (p. 81). Bref, ils sont « implacables » (p. 77), plus soucieux, comme Tartuffe chez Molière, de jolies femmes que du salut de leur âme ou de Dieu. La raison en est, comme le dit Jacques, qu'ils « sont moines » (p. 81). La claustration et le célibat les déshumanisent. Diderot reprend ici le thème et la réflexion qu'il avait développés dans son roman *La Religieuse*[1].

L'apparence et le hasard

Si différents et indépendants soient-ils les uns des autres, l'apologue d'Ésope, les arrêts répétés du cheval de Jacques au pied des gibets et la rencontre du convoi funèbre traitent du même thème : celui de l'illusion. En d'autres termes : que croire et à qui se fier ?

L'anecdote d'Ésope se rendant au bain et se retrouvant en prison illustre l'incertitude de toute existence. Nul ne peut rien prévoir ni savoir. Un pressentiment persuade-t-il Jacques que le corbillard rencontré est celui de son capitaine ? Sa certitude n'a d'égal que sa sincère émotion. Le corbillard sert en réalité à des contrebandiers pour dissimuler et transporter des marchandises illicites. Les apparences sont donc trompeuses. Dans ces conditions, interpréter, comme le fait Jacques, l'étrange manie de son cheval comme un sinistre « avertissement du destin » (p. 93) devient sujet à caution. La suite le montrera.

1. Rédigé de 1760 à 1781 et publié en 1796, après la mort de Diderot, *La Religieuse* montre que la vie cloîtrée est anti-naturelle et pervertit tous les rapports humains.

Diderot orchestre ce thème de l'illusion de manière volontairement ambiguë. En effet, faut-il comprendre qu'on ne peut rien savoir parce que le hasard règne en maître ? ou parce que l'on ignore les décisions de la destinée ? Voilà qui incite à la réflexion. Sous la diversité des événements relatés et la variété des modes d'expression (la fable, le récit romanesque et l'adresse au lecteur), la cohérence est totale.

Le relativisme moral

Diderot aime peindre des originaux et des extravagants : ils sont plaisants et, surtout, ils invitent à s'interroger sur l'ambiguïté des conduites et des relations humaines. Comment dès lors les apprécier et les juger ? La générosité de M. Le Pelletier acceptant d'être giflé et humilié pour peu qu'on lui donne de quoi secourir ses pauvres, est-elle admirable ou scandaleuse ? Chacun réagit en fonction de ses propres critères, selon l'« idée » qu'il se fait de l'honneur (p. 92).

L'histoire du capitaine de Jacques qui passe son temps à se battre et à se réconcilier avec un autre officier est tout aussi bizarre. Que doit-on en penser ? « La nature est si variée » (p. 99) qu'elle interdit de juger de tout et de tous selon une règle absolue et universelle. Pourtant se glissent erreurs, malentendus et illusions d'optique : « Il y a les quiproquos d'amour, les quiproquos d'amitié, les quiproquos de politique, de finance, d'église, de magistrature, de commerce, de femmes, de maris… » (p. 89).

Le double

À son arrivée dans le régiment, raconte Jacques, « [il] y avait deux officiers à peu près égaux d'âge, de naissance, de service et de mérite. Mon capitaine était l'un d'eux. La seule différence qu'il y eût entre eux, c'est que l'un était riche et que l'autre ne l'était pas. Cette conformité devait produire ou la sympathie ou l'antipathie la plus forte : elle produisit l'une et l'autre » (p. 94).

Cette histoire permet d'introduire le thème du double, à la fois semblable à soi et différent de soi. D'où les contradictions de comportement. L'histoire transpose et explique les relations de Jacques et de son maître. Tous deux cheminent ensemble, ne peuvent vivre l'un sans l'autre, et pourtant ils s'affrontent, s'opposent. Qui est *je* et qui est l'autre dans ces conditions ? Comment les définir dans leur spécificité ? On retrouve la même impossibilité que précédemment de juger et de trancher.

QUATRIÈME JOURNÉE [III] (pages 99 à 106)[1]

RÉSUMÉ

Retour au récit du voyage : le cheval de Jacques s'emballe une troisième fois et entraîne le valet on ne sait où. Le maître de Jacques reste seul.

Diderot profite de la séparation de ses personnages pour attester l'authenticité des propos de Jacques. Il affirme d'ailleurs avoir connu des originaux tout aussi extravagants que le capitaine.

Histoire de Gousse racontée par Diderot (p. 99 à 101). Un certain Gousse, par exemple, indifférent à la misère des siens, n'hésitait pas à se ruiner pour aider un ami. Il volait même des livres à des gens qui ne les ouvraient jamais pour les donner à ceux qui avaient vraiment envie de les lire. Comment juger un tel homme, égoïste et dur envers ses proches, bon et charitable envers ses amis ?

Retour au récit du voyage : le cheval de Jacques projette brutalement son cavalier contre la porte d'une maison. Assommé, Jacques est recueilli et soigné par le propriétaire du lieu. Son maître, qui finit par le retrouver, le veille toute la nuit.

REPÈRES POUR LA LECTURE

Le déterminisme contre le fatalisme

Le cheval que monte Jacques se révèle avoir naguère appartenu à un bourreau, chargé des exécutions par pendaison. Ainsi s'explique son habitude de s'arrêter au pied de tous les gibets, par nécessité professionnelle en quelque sorte ! Jacques avait donc tort de croire à un signe du destin. Les réactions du cheval obéissent à

1. Depuis : « Vous allez prendre... » (p. 99) jusqu'à : « qu'il s'endormit profondément » (p. 106).

un déterminisme[1], et non à un arrêt de la fatalité. Tout devient rationnel et compréhensible.

Les contradictions humaines

L'histoire de Gousse, à la fois scélérat et charitable, renvoie aux même questions que soulevait celle de M. Le Pelletier. Ainsi que le remarque Jacques, comment se prononcer « après cela sur l'allure des hommes » (p. 103) ? Non seulement, c'est impossible, mais il faut encore tenir compte des évolutions historiques et sociales : « Chaque vertu et chaque vice se montre et se passe de mode [...]. Suivez les inclinations des hommes, et vous en remarquerez qui semblent être venus au monde trop tard : ils sont d'un autre siècle » (p. 104). Tout est divers et tout change.

CINQUIÈME JOURNÉE (pages 106 à 132)[2]

RÉSUMÉ

Le matin suivant, Jacques, rétabli, se prépare au départ. Son maître revend le cheval de Jacques au propriétaire de la maison qui s'est complaisamment offert pour le racheter; puis le maître en procure un autre à son valet. Les deux hommes reprennent la route, et Jacques ne tarit pas d'éloges sur son hôte si charitable. Le maître lui révèle alors que celui qu'il considère comme son bienfaiteur exerce en réalité la profession de... bourreau. Il s'ensuit un débat sur le degré de croyance qu'il faut accorder aux pressentiments et aux présages.

Jacques reprend le récit de ses amours : moyennant un arrangement financier âprement discuté, un des chirurgiens qui l'avaient opéré du genou, accepta de loger Jacques chez lui, afin de mieux veiller sur sa convalescence.

Suite de l'histoire de Gousse racontée par Diderot (p. 120 à 122). Gousse, emprisonné, a prié Diderot de le visiter dans sa cellule. Diderot

1. Sur le fatalisme et le déterminisme, voir le chapitre 4, p. 68.
2. Depuis : « Jacques le surprit à son réveil » (p. 106) jusqu'à : « en attendant le réveil de Jacques et de son maître » (p. 132).

s'y rend et l'interroge sur les motifs de son incarcération. Pour ne plus vivre avec sa femme avec laquelle il ne s'entendait plus, Gousse, toujours aussi original, s'est arrangé pour se faire un procès contre lui-même ; il l'a perdu et on l'a jeté en prison !

Retour au récit du voyage : à la tombée de la nuit, Jacques et son maître descendent dans une auberge où règne un vacarme insupportable. La propriétaire crie, pleure à chaudes larmes sur la pauvre Nicole que des clients brutaux ont estropiée pour le restant de ses jours. Indignation compatissante de Jacques et de son maître, douleur renouvelée de la femme aubergiste. Nicole est en réalité une chienne dont les aboiements répétés avaient fini par exaspérer des clients peu commodes ! Un vétérinaire la soignera. Jacques et son maître rient de leur méprise : ils avaient cru (comme le lecteur) que Nicole était la fille de l'aubergiste.

Histoire d'un ami de Gousse racontée par Diderot (p. 128 à 132). Amant de la femme d'un pâtissier, l'intendant d'un ministre se sert de ses relations politiques pour faire emprisonner le mari encombrant et vivre ainsi des amours moins clandestines avec sa maîtresse. Mais l'officier de police chargé de procéder à l'arrestation du malheureux soupçonne un piège et conseille au pâtissier de disparaître pour quelque temps. L'amant profite aussitôt de la disparition du mari qu'il croit en prison pour visiter plus souvent sa maîtresse. Une nuit, l'officier de police survient et, pour cause d'adultère, fait jeter l'intendant en prison. Mis au courant des sombres intentions et des actions de son intendant, le ministre approuve l'officier de police.

REPÈRES POUR LA LECTURE

L'inversion des rôles

L'accident de Jacques inverse les rapports de Jacques et de son maître. Comme ce dernier le lui dit : « Tu es mon serviteur, quand je suis malade ou bien portant ; mais je suis le tien quand tu te portes mal » (p. 106). Le maître accomplit les tâches que son valet exécutait auparavant : il « ordonne le déjeuner, achète un cheval » (p. 107). C'est à son tour de divertir Jacques par une histoire : celle d'une femme dont l'anneau de mariage s'est accidentellement brisé au moment même où son mari devait subir une opération chirurgicale ; elle y vit un sinistre présage qui se révéla vain (p. 111-112). Le maître fait également preuve d'un humour qui, jusque-là, était plutôt l'apanage de Jacques. Cette inversion a une double portée, philosophique et littéraire : d'une part rien n'est écrit ni déterminé à l'avance et, d'autre part, la continuité des caractères ainsi que les pesanteurs des conditions sociales sont brisées.

Une succession de péripéties comiques

Les différents épisodes de cette « cinquième journée » se déroulent tous, d'une manière ou d'une autre, sur le registre comique :
– par l'exploitation de contradictions : l'homme affable et bienveillant est, au grand étonnement de Jacques, un bourreau ! Humain de nature, il est inhumain par fonction ;
– par la poursuite de la satire des chirurgiens, âpres au gain (p. 112 et 113) ;
– par le quiproquo sur la « pauvre Nicole » (p. 123-128) ;
– par l'originalité extravagante de Gousse (p. 122-123) ;
– par l'amant de la pâtissière qui voit sa ruse se retourner contre lui et qui subit le sort qu'il prévoyait de réserver au mari gênant (p. 123-131). C'est une variante du trompeur trompé ou du voleur volé.

De l'émotion au débat métaphysique

Dans le récit de ses amours, Jacques raconte la mésaventure qui lui est arrivée. Au sortir d'un cabaret, il croise une femme désespérée, pleurant et sanglotant, parce qu'elle n'a plus de quoi nourrir ses enfants. Bouleversé, Jacques lui donne les deux maigres écus qui lui restaient en poche. Mal lui en prit ! Trois bandits qui avaient assisté à la scène s'imaginèrent qu'il était riche. Ils le suivirent et, au détour d'un chemin, l'attaquèrent pour le dépouiller. Jacques en réchappa à grand-peine. Moralité : « le bien amène le mal » (p. 119).

Littérairement, l'épisode renvoie tout droit à l'esthétique du drame bourgeois dont Diderot a été le principal théoricien. Il repose sur un « malheur domestique », et il accorde à la sensibilité un rôle majeur. Le maître est ému par le récit de Jacques, comme s'il vivait la scène :

> J'y suis en effet, j'ai l'épée à la main ; je fonds sur les voleurs et je te venge. Dis-moi comment celui qui a écrit le grand rouleau a pu écrire que telle serait la récompense d'une action généreuse ?

> Pourquoi moi, qui ne suis qu'un misérable composé de défauts, je prends ta défense, tandis que lui qui t'a vu tranquillement attaqué, renversé, maltraité, foulé aux pieds, lui qu'on dit être l'assemblage de toute perfection!... (p. 118).

De l'esthétique du drame bourgeois, on glisse à la prise de position philosophique et au débat métaphysique : l'existence et la persistance du mal sont incompatibles avec l'idée d'un Dieu créateur, juste et bon.

Le philosophe selon Diderot

Pour divertir Jacques, son maître lui raconte la mort de Socrate[1]. C'est l'occasion pour Diderot de donner sa définition du philosophe :

> C'est une race d'homme odieuse aux grands, devant lesquels ils ne fléchissent pas le genou; aux magistrats, protecteurs par état des préjugés qu'ils poursuivent [= dénoncent]; aux prêtres qui les voient rarement au pied de leurs autels; aux poètes, sans principes et qui regardent sottement la philosophie comme la cognée des beaux-arts [...]; aux peuples, de tout temps les esclaves des tyrans qui les oppriment, des fripons qui les trompent, et des bouffons qui les amusent (p. 110).

Le philosophe est donc celui qui combat toutes les formes de préjugé et qui se trouve par là en butte à tous les pouvoirs, qu'ils soient politiques, judiciaires ou religieux. Le peuple qu'il prétend servir et libérer ne lui est guère favorable, par ignorance et par désintérêt. C'est un métier à risques, comme le montre la mort de Socrate.

SIXIÈME JOURNÉE [I] (pages 132 à 144)[2]

RÉSUMÉ

Retour au récit du voyage : une montée des eaux ayant submergé les routes de la région, Jacques et son maître passent la journée à l'auberge. Jacques revient à ses amours. Peu de temps après son installation chez le chirurgien, Jacques est invité par un mystérieux émissaire à s'en aller loger gratuitement dans un château voisin.

---

1. Philosophe grec (470-400 av. J.-C.), Socrate, accusé de corrompre la jeunesse, fut condamné à mort et dut boire la ciguë, un poison mortel.

2. Depuis : « Le lendemain Jacques se leva de grand matin » (p. 132) jusqu'à : « Cela est très fâcheux » (p. 144).

Cependant, une conversation entre le patron de l'auberge et un paysan interrompt le récit de Jacques. Bourru, mais généreux, l'aubergiste a naguère prêté de l'argent au paysan qui non seulement ne peut rembourser sa dette, mais encore sollicite de nouveau un prêt afin de nourrir sa famille. Le patron de l'auberge se met en colère, réclame son dû, maudit le paysan; puis, touché par le profond désespoir de ce dernier, il lui prête encore de l'argent.

Histoire du Bourru bienfaisant revue et corrigée par Diderot (p. 138 à 140). Cette scène rappelle à Diderot l'intrigue de la comédie de Goldoni intitulée *Le Bourru bienfaisant*[1]. Diderot donne son avis sur la pièce, et explique pourquoi et comment il en aurait modifié le dénouement s'il en avait été l'auteur : il en aurait rendu l'action plus vraisemblable et plus émouvante.

REPÈRES POUR LA LECTURE

De l'art de donner

Diderot avait déjà évoqué la misère du monde rural[2]. Il y revient dans cette scène. Obligé de réemprunter sans avoir pu rembourser ses dettes antérieures, le paysan se trouve dans le dénuement le plus total : « Je ne suis plus en état de nourrir ma fille ni mon garçon; ma fille servira[3]; mon garçon s'engagera » (p. 136). En une phrase, tout est dit sur la détresse des campagnes, soumises aux aléas des récoltes, au poids de l'impôt et à une mauvaise politique économique.

La scène tire son originalité du renversement des rôles : le prêteur ne veut plus prêter et quand il s'y résout de nouveau, l'emprunteur refuse, car, dit-il à l'aubergiste : « Vous faites plus de mal par vos injures que de bien par vos services » (p. 137). L'humanisme de Diderot transparaît : il faut savoir donner sans humilier.

La référence à Goldoni

Avec son drame *Le Père de famille* (écrit en 1758 et joué en 1761), Diderot avait été accusé d'avoir plagié *Le Vrai Ami* de Goldoni. Il

1. *Le Bourru bienfaisant*, de Carlo Goldoni (1707-1793), auteur comique italien, avait été joué pour la première fois à Paris le 4 novembre 1771.
2. Voir plus haut, p. 18.
3. *Servir* : devenir domestique.

répond habilement à cette accusation : s'il feint, en effet, d'imiter *Le Bourru bienfaisant*, c'est pour mieux souligner qu'il l'aurait traité tout autrement, s'il avait été à la place de Goldoni.

C'est l'occasion pour Diderot de rappeler sa conception du drame bourgeois : importance des conditions sociales, exacerbation des émotions née des malheurs de la vertu, importance de la gestuelle, mise en scène débouchant sur de véritables « tableaux » : « On aurait vu le Bourru bienfaisant aux pieds de cet homme [...] ; il aurait été forcé de s'adresser à toute la famille qui l'aurait environné, pour fléchir son débiteur » (p. 139).

SIXIÈME JOURNÉE [II] (pages 144 à 201)[1]

RÉSUMÉ

Retour au récit du voyage : la femme aubergiste prend en amitié Jacques et son maître. Elle les entretient de diverses anecdotes et leur raconte la très longue histoire de Mme de La Pommeraye.

Histoire de Mme de La Pommeraye racontée par la femme de l'aubergiste (p. 144 à 197). Après un mariage décevant, Mme de La Pommeraye s'est promis de ne plus jamais aimer. Toutefois, plus tard, elle devient la maîtresse du séduisant marquis des Arcis. Après quelques années de bonheur, elle s'aperçoit que son amant se détache silencieusement d'elle. Pour en avoir le cœur vraiment net, elle-même prend les devants, lui dit qu'elle ne l'aime plus et qu'elle souhaite reprendre sa liberté. Le marquis confesse que, de son côté, le temps et l'habitude ont tué sa passion ; mais il ajoute que la fin de leur amour ne doit pas les empêcher de demeurer bons amis.

En réalité, Mme de La Pommeraye est cruellement blessée et ne songe qu'à se venger. Elle apprend qu'à la suite d'un revers de fortune, une de ses anciennes et vagues connaissances vit misérablement sous le faux nom d'Aisnon, et que cette femme prostitue sa fille. Mme de La Pommeraye les convoque et leur explique qu'elle s'engage à subvenir à leurs besoins aux conditions suivantes : qu'elles reprennent leur nom véritable, qu'elles s'installent dans un autre quartier de Paris, qu'elles feignent la dévotion en allant tous les jours à la messe. La mère et la fille acceptent.

Quelque temps plus tard, Mme de La Pommeraye ménage une rencontre entre la jeune fille et le marquis des Arcis. Celui-ci s'éprend de Mlle

1. Depuis : « Le plus âgé des deux s'appelle » (p. 144) jusqu'à : « celle qui vous conviendra le mieux » (p. 201).

d'Aisnon. Le marquis fait l'aveu de sa nouvelle passion à Mme de La Pommeraye avec qui, croit-il, il est resté en bons termes; il la supplie de l'aider à revoir cette jeune fille si charmante. Affectant une amitié désintéressée, Mme de La Pommeraye conseille au marquis de se méfier des passions soudaines et de se renseigner sur la famille de cette jeune fille qu'il connaît à peine. Le marquis fait faire une enquête. Comme les d'Aisnon vivent sous leur nom véritable qui ne rappelle en rien leur triste profession antérieure, il obtient d'excellents renseignements. Aussi épouse-t-il la jeune fille.

Après le mariage, Mme de La Pommeraye apprend la vérité au marquis : il a épousé une ancienne prostituée connue dans Paris et qui déshonore le nom des Arcis. Mme de La Pommeraye savoure sa vengeance. Le marquis fait une scène violente à sa femme : mais celle-ci manifeste un tel repentir qu'il finit par lui pardonner. Ensuite, les nouveaux époux se retirèrent en province où ils vécurent heureux[1].

Retour au récit du voyage : Jacques et son maître commentent l'attitude, indigne selon eux, de Mlle d'Aisnon; ils trouvent invraisemblable qu'une jeune fille capable de tant d'hypocrisie puisse réellement devenir une honnête femme. Diderot intervient pour justifier la conduite de Mme de La Pommeraye : c'est le désespoir d'avoir été abandonnée par l'homme qu'elle aimait qui est à l'origine de sa vengeance.

REPÈRES POUR LA LECTURE

Un roman dans le roman

L'histoire de Mme de La Pommeraye est l'épisode le plus célèbre de *Jacques le Fataliste*. Sa longueur exceptionnelle en fait un roman dans le roman. Diderot en confie la narration à la femme aubergiste. Fidèle à sa technique, il fait tour à tour de ses personnages les sujets de son propre récit et les auteurs de récits secondaires.

Cette histoire est celle d'une vengeance patiemment ourdie par une femme de tête, qui désire humilier et discréditer son amant

1. La nécessité de servir les clients contraint la femme aubergiste d'interrompre à plusieurs reprises l'histoire de Mme de La Pommeraye. Durant ces absences de la patronne, Jacques raconte la très gaillarde fable de la Gaine et du Coutelet qui s'accusaient mutuellement d'infidélité (p. 152). Il évoque également des souvenirs d'enfance : comment, par exemple, ses parents, le jugeant trop bavard, l'avaient obligé à porter continuellement un bâillon (p. 153).

infidèle en lui faisant épouser une prostituée. La seule erreur qu'elle commette est de ne pas croire à la rédemption morale des individus : l'amour guérit le marquis des Arcis de son libertinage, comme il sauve la d'Aisnon de l'infamie. C'est à une réhabilitation de la sensibilité et du sentiment que procède Diderot, comme bon nombre d'auteurs du XVIIIe siècle.

Une illustration de la condition féminine

L'histoire de Mme de La Pommeraye constitue un plaidoyer en faveur de la femme, dont Diderot montre qu'elle est victime de la société ou des hommes. Ainsi :

– l'aubergiste-narratrice a « été élevée à Saint-Cyr[1] » et a donc reçu une bonne éducation. Comme elle le constate : « De l'abbaye royale à l'auberge que je tiens, il y a loin » (p. 167). La nécessité l'a obligée à gagner sa vie ;

– Mme d'Aisnon est un cas plus caractéristique encore. « Ruinée par la perte de son procès », elle « avait été réduite à tenir tripot » (p. 161). Elle reconnaît exercer « un métier périlleux, infâme, peu lucratif, qui [lui] déplaît », « mais la nécessité contraint la loi » (p. 161). Faute de pouvoir marier sa fille, elle la livre à la prostitution ;

– quand la femme n'est pas victime des contraintes économiques, elle l'est des hommes : Mme de La Pommeraye a été « si malheureuse avec un premier mari » (p. 144) qu'elle hésite à se remarier. Mme d'Aisnon n'a guère eu plus de chance. Quant à l'hôtesse, elle laisse échapper ce commentaire : « Si vous saviez le supplice [d'être avec un homme] quand on n'aime pas ! » (p. 163).

Une satire acerbe de la religion

Déjà entreprise avec la satire des moines (voir ci-dessus, p. 23), la critique de la religion s'accentue. D'une part, aucun des prêtres évoqués n'est estimable. Le « petit abbé de qualité » dont s'éprend Mlle d'Aisnon, est « impie, incrédule, dissolu, hypocrite » et, de surcroît, « antiphilosophe » (p. 162). Quant à son confesseur, il joue sans

1. Maison d'éducation, réservée aux jeunes filles nobles, orphelines ou désargentées, Saint-Cyr avait été fondée par Mme de Maintenon au XVIIe siècle.

scrupule les entremetteurs : ayant « vendu le plus chèrement qu'il lui fut possible la sainteté de son ministère », il « se prêta à tout ce que le marquis voulut » (p. 183).

D'autre part, Diderot dénonce l'hypocrisie que constitue la fausse dévotion. Pour paraître estimable dans le grand monde, il suffit de feindre des pratiques et des sentiments religieux. Aussi Mme de La Pommeraye oblige-t-elle Mlle d'Aisnon à jouer les dévotes. Tartuffe se servait déjà de la religion pour mieux réussir ses escroqueries.

Enfin, Diderot prête à Mme de La Pommeraye un véritable anticatéchisme, un catéchisme de la tromperie en lui faisant donner une longue série de conseils à la d'Aisnon :

> Vous ferez connaissance étroite avec le curé et les prêtres de la paroisse [...].
> Vous n'en recevrez d'habitude aucun.
> Vous irez à confesse et vous approcherez des sacrements au moins deux fois le mois [...].
> Vous irez dans les rues les yeux baissés ; à l'église vous ne verrez que Dieu (p. 165-166).

Les contradictions de l'amour

L'histoire de Mme de La Pommeraye et la fable de la Gaine et du Coutelet, que raconte Jacques (voir note 1, p. 32), véhiculent une conception paradoxale de l'amour. Toute passion est vécue comme un absolu. Or, constate Diderot, elle se heurte à un double écueil :
– celui du temps qui passe : « Au bout de quelques années » (p. 145), le marquis des Arcis se lasse de sa liaison avec Mme de La Pommeraye ;
– celui de la nature : la Gaine et le Coutelet qui se reprochent mutuellement leurs infidélités, ont également tort, comme on le leur fait remarquer : « [...] vous ne pensiez pas que vous étiez presque aussi fous lorsque vous juriez, toi, Gaine, de t'en tenir à un seul Coutelet ; toi, Coutelet, de t'en tenir à une seule gaine » (p. 152).

L'inconstance est inévitable. Mais aucune passion sincère ne peut l'admettre ni l'envisager. Soumis au temps et aux variations du désir, tout amour enferme ceux qui s'aiment dans une contradiction radicale.

Un auditoire passionné

Jacques et son maître ne se contentent pas d'écouter leur hôtesse aubergiste : ils réagissent à son récit et, par là, ils y participent. Tantôt pour juger le marquis ou sa maîtresse :

> LE MAÎTRE, *en frappant sur sa tabatière et regardant à sa montre l'heure qu'il est.* – Voilà une terrible tête de femme ! Dieu me garde d'en rencontrer une pareille (p. 167),

tantôt pour anticiper sur la suite des événements :

> JACQUES. Si elles [Mme d'Aisnon et sa fille] continuent comme elles ont débuté, monsieur le marquis des Arcis, fussiez-vous le diable, vous ne vous en tirerez pas (p. 174).

Ces commentaires de l'auditoire renforcent l'impression de vérité du récit, d'autant plus qu'ils pourraient être ceux du lecteur. L'intérêt s'en trouve accru.

La relativité de la morale

À peine l'aubergiste a-t-elle achevé son récit que Diderot intervient et interpelle le lecteur pour le contredire. Comment juger le comportement des protagonistes de cette vengeance ? Mme de La Pommeraye peut apparaître comme une femme inquiétante, cruelle, dont la « vengeance est atroce » (p. 198). Diderot prend sa défense :

> Elle touchait au moment où la perte d'un amant ne se répare plus. Tel était son caractère, que cet événement la condamnait à l'ennui et à la solitude. Un homme en poignarde un autre pour un geste, pour un démenti ; et il ne sera pas permis à une honnête femme perdue, déshonorée, trahie, de jeter le traître entre les bras d'une courtisane ? (p. 199).

Mme d'Aisnon et sa fille se prêtent certes sans beaucoup de scrupules de conscience à ces manœuvres vengeresses. Mais peut-on les blâmer, la première de vouloir échapper à la vie d'un tripot, et la seconde de vouloir fuir la prostitution ? Quant au marquis des Arcis, il ne fut jamais méprisable. Comment, dès lors, juger autrui ? Toute morale est relative.

RÉSUMÉ

Comme la persistance du mauvais temps oblige le valet et son maître à prolonger leur séjour à l'auberge, Jacques reprend le récit de ses amours. Aimablement invité par le seigneur d'un château à passer sa convalescence chez lui, Jacques a donc quitté la maison du chirurgien chez qui il logeait. Dans ce château, il retrouve Jeanne, une domestique, à qui par le passé il a rendu un grand service. Pleine de reconnaissance, Jeanne veille à ce qu'il soit confortablement installé et recommande à sa fille Denise, une jeune et belle brune, de bien s'occuper de lui.

« Denise ! la fille de Jeanne ! » s'exclame le maître qui, à ces détails, reconnaît qu'il s'agit du château de son ami Desglands où lui-même a naguère vécu et où il a, en vain, courtisé Denise. Vexé d'apprendre que Denise s'est plus intéressée à Jacques, un simple valet, qu'à lui, un riche gentilhomme, le maître se fâche. Une querelle éclate. Appelée à juger leur différend, la femme aubergiste les apaise, et les deux hommes signent un contrat de réconciliation. Aux termes de ce contrat, Jacques possède le droit de faire et de dire ce qu'il veut, tandis que le maître n'a que le droit... d'écouter sans se fâcher ! Le beau temps revient enfin. Les deux voyageurs reprennent la route en compagnie d'un client de l'auberge qui n'est autre que le marquis des Arcis. Ce dernier commence à raconter au maître de Jacques l'histoire du père Hudson et de Richard, son secrétaire.

Mais Diderot coupe immédiatement la parole au marquis pour conseiller au lecteur de s'armer de patience s'il désire connaître la suite des amours de Jacques. Et il se lance dans un raisonnement philosophique sur les rapports de la morale et du déterminisme, avant de redonner la parole au marquis.

Histoire de Richard et du père Hudson racontée par le marquis des Arcis (p. 219 à 232). Souhaitant devenir moine contre l'avis de ses parents,

1. Depuis : « L'hôtesse monta et leur annonça que la journée ne serait pas belle » (p. 201) jusqu'à : « Vous me direz cela demain matin » (p. 234).

Richard s'était réfugié dans un couvent que dirigeait le père Hudson. Autant ce père exigeait des autres religieux la plus stricte vertu, autant lui menait une existence clandestinement débauchée. Des soupçons finissent par naître. Averti, le général de l'ordre[1] demande au moine Richard d'enquêter sur le père Hudson. Celui-ci est mis au courant de cette enquête et décide de retourner la situation en sa faveur.

Pour cela, il convainc l'une de ses maîtresses de le dénoncer et de dire sur lui les pires horreurs. La femme prend rendez-vous avec l'enquêteur Richard, une nuit, dans une maison discrète. Elle le reçoit dans une tenue légère et commence à dire que le père Hudson est son amant quand survient la police, qui a été prévenue par le père Hudson. Pris en flagrant délit de débauche, Richard, malgré ses protestations, est conduit en prison. Charitable, le père Hudson le fait libérer peu après. Mais, écœuré par tant d'hypocrisie, Richard renonce à rester moine et il s'engage comme secrétaire au service du marquis des Arcis.

Retour au récit du voyage : la nuit tombe, tous dînent dans une auberge et chacun va se coucher.

REPÈRES POUR LA LECTURE

Les relations maître-valet

Jusqu'alors souvent amicaux, les rapports du maître et du valet se détériorent brutalement. Par orgueil et réflexe de classe, le maître ne peut admettre que Jacques ait été son rival heureux auprès de Denise. D'où ses réactions méprisantes : « vous n'êtes et [...] vous ne serez jamais qu'un Jacques » (p. 207), c'est-à-dire un subalterne. Jacques se défend et son maître finit par lui reconnaître des droits :

> [...] attendu qu'il est aussi impossible à Jacques de ne pas connaître son ascendant et sa force sur son maître, qu'à son maître de méconnaître sa faiblesse et de se dépouiller de son indulgence, il faut que Jacques soit insolent (p. 211-212).

Les termes du contrat sont certes plaisants. Ils n'en sont pas moins significatifs : le valet affirme sa liberté et son autonomie morale. Il refuse d'être un esclave au service d'une autorité, dont la seule justification est d'ordre économique.

1. Le *général* d'un ordre religieux est celui qui dirige l'ensemble des couvents de cet ordre, en France et à travers le monde.

Déterminisme et liberté

Dans une longue adresse au lecteur, Diderot analyse le fatalisme de Jacques. Celui-ci, constate-t-il, pense et professe que l'homme est soumis à son destin. Mais en pratique, il agit comme s'il était libre :

> Souvent il était inconséquent comme vous et moi, et sujet à oublier ses principes, excepté dans quelques circonstances où sa philosophie le dominait évidemment; c'était alors qu'il disait : «Il fallait que cela fût, car cela était écrit là-haut». Il tâchait à prévenir le mal; il était prudent avec le plus grand mépris pour la prudence (p. 218).

Ce sont là les contradictions humaines.

La satire religieuse

L'histoire du père Hudson prolonge la satire religieuse, déjà souvent rencontrée (voir ci-dessus, p. 23 et p. 33-34). Son intérêt est double :

– elle a des liens avec l'histoire de Mme de La Pommeraye, que Diderot souligne malicieusement (p. 234) : dans les deux cas, il s'agit d'une atroce vengeance;

– elle se termine par un succès : le père Hudson réussit là ou Mme de La Pommeraye échoue. C'est que le prêtre a des appuis politiques (p. 222, 228 et 229).

Toutes les formes d'autorité sont ainsi discréditées.

HUITIÈME JOURNÉE (pages 234 à 316)[1]

RÉSUMÉ

Au matin, leur route se séparant, le marquis des Arcis et Richard prennent congé de Jacques et de son maître. Jacques conte avec gaillardise ses premières expériences sexuelles. *Diderot intervient pour dire qu'il n'est pas plus obscène de parler de sexe que d'autre chose.* Puis, comme une cruelle toux force Jacques à se taire, le maître relate alors ses propres amours.

1. Depuis : «Ce matin, le voilà venu» (p. 234) jusqu'à : «Jacques et son maître couchèrent encore une fois en route» (p. 316).

Histoire des amours du maître racontée par lui-même (p. 266 à 315). Amoureux de la farouche Agathe, le maître a demandé à son ami, le chevalier de Saint-Ouin, de l'aider dans son entreprise de séduction. Après de nombreux cadeaux et grâce au chevalier qui était l'ami intime des parents de la jeune fille, le maître est enfin autorisé à courtiser officiellement Agathe. Bientôt les parents le pressent d'épouser leur fille. Refus net du maître de Jacques : un noble n'épouse pas une simple bourgeoise ! Rupture. Un soir, lors d'un dîner copieusement arrosé, Saint-Ouin avoue au maître de Jacques qu'il est depuis longtemps l'amant d'Agathe. Pour se faire pardonner, Saint-Ouin propose au maître de lui faire passer une nuit avec elle ! Une ruse est aussitôt élaborée. L'obscurité aidant, Agathe ne s'aperçoit pas (ou feint de ne pas s'apercevoir) qu'elle couche non avec Saint-Ouin, mais avec le maître de Jacques. Soudain la police survient, établit un constat. Quelques semaines plus tard, Agathe annonce qu'elle est enceinte. Sommé de l'épouser ou, à défaut, de subvenir à l'éducation du futur enfant, le maître de Jacques préfère payer. En réalité, Saint-Ouin n'est qu'un escroc, qui a imaginé ce guet-apens amoureux pour faire endosser au maître de Jacques la paternité de l'enfant. Ce fut un garçon, que le maître de Jacques a, depuis dix ans, confié à une nourrice.

Retour au récit du voyage : constatant qu'ils ne sont pas très loin du lieu où habitent les parents nourriciers de l'enfant (qui n'est pas de lui), le maître dit à Jacques qu'il va profiter de la circonstance pour mettre le garçon en apprentissage et payer sa pension aux parents nourriciers. Jacques et son maître s'arrêtent dans une auberge.

REPÈRES POUR LA LECTURE

Le sexe et les bienséances

Jacques raconte ses premières aventures amoureuses avec une truculence qui rappelle celle de Rabelais. Si le lecteur s'en offusque, prévient Diderot, c'est qu'il est tout simplement un hypocrite :

> Et que vous a fait l'action génitale, si naturelle, si nécessaire et si juste, pour en exclure le signe de vos entretiens, et pour imaginer que votre bouche, vos yeux et vos oreilles en seraient souillés ? (p. 161).

La vie sexuelle existe. Il n'y a donc rien de scandaleux à en parler. C'est, au contraire, pour un romancier, une exigence de vérité et, pour le lecteur, une source de comique farcesque.

Les amours du maître

La machination amoureuse dont est victime le maître rappelle les précédentes vengeances et intrigues de Mme de La Pommeraye (voir ci-dessus, p. 31) ou de l'intendant et du pâtissier (voir ci-dessus, p. 27). Elle s'en distingue toutefois sur deux points :

– par son ton souvent farcesque : scène d'ivresse, tromperie, changement d'amant à la faveur de l'obscurité, naïveté du maître ;

– par la satire sociale : Saint-Ouin est certes une « canaille », mais il est de connivence avec des financiers et des usuriers de basse espèce. Comme Jacques le fait remarquer à son maître : « Monsieur, vous êtes là en bien mauvaise compagnie, il n'y a pas un de ces gens-là qui n'ait son nom sur le livre rouge [= les registres de la police] » (p. 272).

De ses mésaventures de jeunesse, le maître ne sort pas grandi : il s'est fait duper comme beaucoup d'autres. Du moins n'apparaît-il pas comme un méchant homme : il fait élever à ses frais l'enfant dont il a dû, malgré lui, endosser la paternité.

NEUVIÈME JOURNÉE (page 316)[1]

RÉSUMÉ

Diderot affirme ne pas savoir où se trouvent Jacques et son maître, ni quelles affaires ce dernier règle, ni si ses affaires se terminent bien ou mal. Il précise seulement que leur règlement ne demanda pas plus de quinze jours.

ÉPILOGUE (pages 316 à 325)[2]

RÉSUMÉ

Sur le chemin qui conduit son maître au village où est élevé l'enfant, Jacques reprend l'histoire de ses amours. Réopéré du genou

1. Depuis : « Ils étaient trop voisins du terme de leur voyage » jusqu'à : « Le lendemain, ils arrivèrent ».

2. Depuis : « Un matin » jusqu'à : « cela était écrit là-haut... » (p. 325). L'épilogue intervient quinze jours après la neuvième journée.

par le chirurgien du château, veillé par Denise, Jacques fit avec succès sa cour à son infirmière bénévole.

Mais voici le village. La porte de la maison où habite l'enfant s'ouvre, « un homme se montre ; le maître de Jacques pousse un cri et porte la main à son épée ; l'homme en question en fait autant » (p. 325). Duel. Le maître de Jacques tue son adversaire et s'enfuit. Jacques est arrêté et accusé de l'assassinat du chevalier de Saint-Ouin qui, précisément ce jour-là, venait voir son fils. Jacques est jeté en prison.

Et l'histoire des amours de Jacques ? Diderot invite son lecteur à la terminer comme il l'entend. Puis il évoque trois versions possibles des amours de Jacques. Première version : Denise, ne se croyant pas aimée de Jacques, pleure ; celui-ci la console tendrement et ils finissent par tomber dans les bras l'un de l'autre. Deuxième version : pansant le genou de Jacques, Denise s'approche trop près et Jacques la prend dans ses bras. Troisième version : libéré de prison par les brigands de Mandrin[1]*, Jacques s'enrôle dans la troupe des voleurs. Mandrin et ses hommes s'apprêtent à assiéger le château de Desglands (où Jacques avait été recueilli et soigné). Par reconnaissance envers le propriétaire du château, le valet fait en sorte que le château ne soit pas pillé. Il y retrouve son maître qui s'était retiré chez son ami Desglands après avoir tué Saint-Ouin. Il y retrouve également Denise, qu'il épouse, tout en devenant concierge du château.*

REPÈRES POUR LA LECTURE

Au choix du lecteur

L'épilogue est inattendu, et laisse l'œuvre ouverte. Au lecteur, en effet, d'achever le récit et d'imaginer le dénouement qui lui convient ! Des trois versions que propose Diderot :

– la première est une parodie du roman larmoyant : « On objectera peut être que Jacques, aux pieds de Denise, ne pouvait guère lui essuyer les yeux… à moins que la chaise ne fût fort basse » (p. 327) ;

1. *Mandrin* est un chef de brigands qui a réellement existé. À la tête d'une troupe de malfaiteurs, il attaqua et pilla plusieurs villes. Trahi par sa maîtresse, il fut arrêté et exécuté en mai 1755.

– la deuxième pastiche le romancier anglais Sterne[1] : « La passion de Jacques, qui n'avait cessé de la regarder, s'accrut à un tel point, que, n'y pouvant plus résister, il se précipita sur la main de Denise et la baisa » (p. 328) ;
– la troisième est un pastiche des romans d'aventures, avec ses brigands, ses combats, et le hasard qui fait toujours bien les choses.

Une réflexion sur l'écriture romanesque

La désinvolture de Diderot refusant de conclure, pour irritante qu'elle puisse paraître au lecteur, est en fait une invitation à réfléchir sur les trucages de l'écriture romanesque.

Diderot feint en effet de se référer à des « mémoires » qui seraient tombés en possession d'un éditeur, tandis que lui-même aurait eu entre les mains un « manuscrit » relatant le voyage de Jacques et de son maître ! Or mémoires et manuscrit ne diraient pas exactement la même chose, d'où l'incapacité de Diderot à conclure (p. 326).

Diderot dénonce par là l'artifice de l'écriture romanesque, même quand celle-ci, pour faire vrai, invoque l'existence d'un texte supposé authentique. Faire vrai est un mensonge ; mais percer le mensonge romanesque n'en reste pas moins un mensonge. Comment, dès lors, justifier l'écriture romanesque ? Est-elle même justifiable ?

---

1. Sterne (1713-1718) est notamment l'auteur de *Vie et opinions de Tristram Shandy* (publié de 1760 à 1767), auquel se réfère souvent Diderot. Il est l'un des premiers à refuser une intrigue romanesque linéaire et à bâtir ses romans non sur des événements, mais sur des personnages.

DEUXIÈME PARTIE

Problématiques essentielles

1 La structure du roman

En dépit de l'impression de décousu qu'engendre sa lecture, *Jacques le Fataliste* obéit à une composition rigoureuse. Sa structure repose en effet sur quatre éléments fondamentaux, aisément repérables :

- le voyage de Jacques et de son maître ;
- l'histoire des amours de Jacques ;
- les récits annexes des personnages secondaires ;
- et les interventions personnelles de Diderot.

Mais, au lieu de traiter ces éléments les uns après les autres (ou parallèlement les uns aux autres), Diderot s'amuse à les combiner entre eux. À peine commence-t-il de relater le voyage de ses deux personnages qu'il s'interrompt pour laisser Jacques conter ses amours ; à son tour, Jacques est interrompu par un voyageur, par un compagnon d'auberge ou par Diderot lui-même. De ce perpétuel entrecroisement provient l'apparent décousu du roman. Aussi, pour mieux comprendre la construction de *Jacques le Fataliste,* convient-il d'en analyser les éléments séparément.

LE VOYAGE DE JACQUES ET DE SON MAÎTRE

Le but affiché du roman est de raconter le voyage de Jacques et de son maître. Cette trame romanesque soulève aussitôt quatre questions : quand ce voyage a-t-il lieu ? Quelle en est la destination géographique ? Quels en sont les principaux épisodes, et, surtout, quelles sont les raisons de ce voyage ?

La date et la destination géographique

Blessé au genou lors de la bataille de Fontenoy, qui eut lieu le 11 mai 1745, Jacques affirme boiter depuis « vingt ans » (p. 397). Le voyage est donc censé se dérouler en 1765.

Il est plus difficile de préciser où se rendent Jacques et son maître, parce que Diderot prend un malin plaisir à désorienter ses lecteurs et refuse de dire tout net où vont ses personnages. Le nom de la ville de Conches (p. 63 et 67) permet toutefois de penser qu'il s'agit de Conches-en-Ouche, en Normandie, région que Diderot connaissait bien.

Les épisodes du voyage

Force est de reconnaître que ce voyage est très peu intéressant. Pendant les neuf jours qu'il dure, il ne se produit aucun événement marquant. Les principaux épisodes en sont les suivants : la rencontre d'un chirurgien et la halte dans l'auberge aux brigands (voir le résumé de la 2e journée) ; le passage d'un convoi funèbre et d'une troupe armée (4e journée) ; la récupération de la montre oubliée et de la bourse perdue ; les fantaisies du cheval du bourreau (4e journée) ; puis, de nouveau, une halte, très longue cette fois, dans une auberge (5e, 6e et 7e journées). Il ne s'agit en définitive que de mésaventures sans grande importance. Si *Jacques le Fataliste* est un roman de la route, du voyage, ce n'est en aucun cas un roman d'aventures.

Les raisons du voyage

Pour ne pas se perdre dans les méandres du roman, il faut distinguer deux choses : premièrement, ce qui, dans l'esprit du maître de Jacques, justifie le voyage et, deuxièmement, la manière dont Diderot narrateur présente les raisons du maître.

1. Dans l'esprit du maître, le voyage a un double objet. Le maître de Jacques voyage d'abord pour « affaires[1] ». Puis, comme leur

1. Diderot écrit : « Est-ce que le maître de Jacques disait ses affaires à tout le monde ? [...] Se terminèrent-elles bien, se terminèrent-elles mal ? C'est ce que j'ignore encore » (p. 316).

chemin les amène à séjourner dans la région où demeurent les parents nourriciers de l'enfant (fils naturel du chevalier de Saint-Ouin), le maître saisit cette occasion pour leur rendre visite : « Ce n'est pas loin de l'endroit où nous allons ; et *je profite de la circonstance* pour payer à ces gens ce qui leur est dû, le retirer, et le mettre en métier » (p. 315-316). Les « affaires » constituent donc le but premier, principal, du voyage ; la mise en apprentissage du bâtard[2] en est le but secondaire et occasionnel.

2. Mais, dans la manière de les présenter, Diderot inverse ces raisons. Il ne fait pas du but premier (les « affaires ») le sujet principal de son roman. Son refus obstiné et ironique d'indiquer la nature de ces « affaires » dépouille le but premier du voyage de toute consistance et de tout intérêt pour le lecteur. Leur importance s'amoindrit d'autant plus que leur règlement ne termine pas le roman. Le fait que le roman se poursuivre encore pendant une bonne dizaine de pages a pour conséquence que le but secondaire du voyage (la mise en apprentissage du bâtard) devient, pour le lecteur, le but principal. Diderot inverse ainsi l'ordre des priorités : ce que le maître considère comme essentiel devient (pour le lecteur) le moins important. Cette inversion des priorités nous avertit de ne pas prendre ce voyage pour l'objet principal du roman.

LA VIE ET LES AMOURS DE JACQUES

Sur Jacques, sa vie et ses amours, Diderot fournit en revanche beaucoup plus de détails. La difficulté tient, là encore, à la manière dont il présente les faits. D'un côté, il dilate le temps du récit : de brefs épisodes de la vie de Jacques sont amplement racontés, tandis que de longues périodes sont résumées en quelques lignes : les douze premières années de l'enfance de Jacques occupent à peine deux pages (p. 153-154), alors que son initiation sexuelle est évoquée pendant vingt et une pages (p. 239 à 260).

---

2. *Bâtard* (mot devenu péjoratif) : enfant que son père naturel n'a pas officiellement reconnu.

D'un autre côté, Diderot bouleverse la chronologie des événements : c'est ainsi que l'épisode de la blessure au genou est présenté avant la dispute avec le père, qui fut pourtant à l'origine de l'engagement de Jacques dans l'armée (donc de sa participation à la bataille de Fontenoy et de sa blessure). Le lecteur doit donc reconstituer la chronologie. Les principales phases sont indiquées dans le tableau qui suit (l'indication entre parenthèses des pages du roman permettra de s'apercevoir combien Diderot ne respecte pas le déroulement chronologique des événements) :

– L'enfance de Jacques chez son grand-père Jason (p. 153-154).
– Son adolescence au village (p. 239-240) ;
– Ses connaissances et ses camarades : Justine (p. 239 à 243), Bigre père et fils (p. 240 à 245).
– La perte de son pucelage avec Suzanne et Marguerite (p. 250 à 257).
– La dispute avec son père (p. 35-36).
– L'engagement dans l'armée (p. 36).
– L'admiration de Jacques pour son capitaine (p. 87-88).
– Sa blessure lors de la bataille de Fontenoy (p. 36)
– Les phases de la guérison (p. 39-40, 47-48, 52-53, 112 à 116).
– La rencontre de Denise (p. 201 à 204).
– La promesse de mariage (p. 320-321).
– Les places successives de Jacques comme valet jusqu'à sa place actuelle au moment du récit (p. 205-206).
– L'emprisonnement (après le meurtre de Saint-Ouin) [p. 325].
– Le brigandage avec Mandrin et sa troupe (p. 329).
– Le retour définitif au château de Desglands (p. 329) ;
– Le mariage de Jacques et de Denise (p. 330).

L'histoire de Jacques trouve son dénouement après l'histoire du maître, et le roman s'achève sur ce dénouement. Tout se passe donc comme si l'histoire de Jacques constituait l'intrigue principale de l'œuvre. Mais les trois versions que Diderot donne de ce dénouement (voir ci-dessus, p. 40-41 le résumé de l'épilogue) suggèrent qu'il s'agit d'une illusion : pas plus que l'histoire du maître, celle de Jacques ne représente l'intrigue principale.

LES RÉCITS ANNEXES

La plupart des personnages secondaires se font romanciers à un moment ou à un autre. En effet, à l'image de Diderot qui raconte le voyage de Jacques et de son maître, chacun d'eux raconte à Jacques et à son maître l'histoire d'une de leurs connaissances. Il s'ensuit de nombreux récits annexes. On peut les regrouper en trois grandes catégories.

• *Première catégorie* : les récits faits par Jacques concernant des personnages qui ont été plus ou moins directement liés à lui, qu'il a connus ou dont il a entendu parler. Il s'agit de : *1.* l'histoire du capitaine, amenée par la rencontre du convoi funèbre (voir ci-dessus, p. 23) ; *2.* l'histoire de Le Pelletier, greffée sur l'histoire même du capitaine (voir ci-dessus, p. 22) ; *3.* l'histoire du père Ange, ami du propre frère de Jacques (voir ci-dessus, p. 21).

• *Deuxième catégorie* : des récits faits par des personnages rencontrés au cours du voyage par Jacques et son maître. Il s'agit de l'histoire du marquis des Arcis et de Mme de La Pommeraye, relatée par la femme aubergiste (voir ci-dessus, p. 31) et de l'histoire de Richard et du père Hudson (voir ci-dessus, p. 36-37).

• *Troisième catégorie* : au cours de la conversation qu'il entretient avec son lecteur, Diderot raconte aussi des histoires dont il a été le témoin ou qu'il a entendues. Il s'agit de l'histoire du poète de Pondichéry (voir ci-dessus, p. 19), de celle de Gousse et de celle de l'intendant amant de la pâtissière (voir ci-dessus, p. 25, 27).

Entre ces catégories de récits existent toutefois des rapports subtils, plus ou moins directs. Ainsi, quand la femme aubergiste raconte l'histoire du marquis des Arcis, celui-ci se trouve réellement dans l'auberge et il est en train de dormir dans une chambre voisine ; le lendemain, quand le marquis des Arcis racontera l'histoire de son domestique Richard au maître de Jacques, Richard sera précisément en train de bavarder avec Jacques. Ainsi, des liens, au moins de rencontre, unissent les différents narrateurs. Chacun ou presque est tour à tour indifféremment objet d'une histoire (on parle de lui) et auteur d'une histoire (il parle de quelqu'un d'autre). Dans le monde de *Jacques le Fataliste,* le statut d'auteur et de personnage devient flou et instable, chacun passant de l'un à l'autre.

LES INTERVENTIONS DE DIDEROT

Alors que dans un roman traditionnel (comme par exemple ceux de Balzac, de Flaubert ou de Zola), l'auteur prend grand soin de se dissimuler derrière ses personnages, Diderot multiplie les interventions à la première personne. On peut ranger ces interventions en quatre grandes catégories.

• *Première catégorie* : Diderot intervient pour cautionner ou non tel ou tel épisode du récit. Il se porte ainsi garant de l'exactitude des propos rapportés : « Telle fut à la lettre la conversation du chirurgien, de l'hôte et de l'hôtesse » (p. 71). Ou encore il atteste l'authenticité de l'histoire de Mme de La Pommeraye : « Je le sais par les voies les plus sûres », écrit-il (p. 198). Mais, à l'inverse, Diderot refuse de démêler le faux du vrai quand il déclare par exemple à son lecteur : « Soyez circonspect si vous ne voulez pas prendre dans cet entretien de Jacques et de son maître le vrai pour le faux, le faux pour le vrai. Vous voilà bien averti, et je m'en lave les mains » (p. 99). Toute cette série d'interventions a donc pour fonction de légitimer le récit, en le différenciant des aventures imaginaires que contient un roman.

• *Deuxième catégorie* : Diderot énonce ses opinions. Il entreprend, par exemple, de justifier la conduite de Mme de La Pommeraye : « Vous vous révoltez contre elle au lieu de voir que son ressentiment ne vous indigne que parce que vous êtes incapable d'en éprouver un aussi profond [...]. Avez-vous réfléchi un peu sur les sacrifices que Mme de La Pommeraye avait faits au marquis ? » (p. 198). Ou bien, dans d'autres cas, Diderot donne son avis sur des œuvres littéraires d'autres auteurs, sur *Le Médecin malgré lui* de Molière (p. 99), sur *Le Bourru bienfaisant* de Goldoni[1] (p. 138), sur une fable de La Fontaine (p. 305). Ses interventions ont alors une fonction critique.

• *Troisième catégorie* : Diderot s'adresse directement à son lecteur. Tantôt il l'agresse par son refus de lui donner des informations supplémentaires : « Qu'est-ce que cela vous fait ? » lui dit-il brusquement (p. 37) ; ou encore : « Si vous me savez peu de gré de ce que je vous dis, sachez-m'en beaucoup de ce que je vous dis pas » (p. 41).

1. Voir p. 30, note 1.

Diderot brise l'illusion romanesque : « Vous voyez, lecteur, que je suis en beau chemin, et qu'il ne tiendrait qu'à moi de vous faire attendre un an, deux ans, trois ans, le récit des amours de Jacques [...]. Qu'est-ce qui m'empêcherait de marier le maître et de le faire cocu ? d'embarquer Jacques pour les îles ? [...] Qu'il est facile de faire des contes ! » (p. 36-37). Tantôt, au contraire. Diderot séduit son lecteur par la promesse d'une histoire ou d'une révélation : « Ce que je vais vous dire de Gousse (voir ci-dessus, p. 25), l'homme à une seule chemise, parce qu'il n'avait qu'un corps à la fois, n'est point du tout un conte » (p. 120). Ailleurs, Diderot engage avec son lecteur une conversation familière, détendue : « La vérité, me direz-vous, est souvent froide, commune et plate [...]. – D'accord. – S'il faut être vrai, c'est comme Molière [...] » (p. 71). Et Diderot de poursuivre sur ce qu'est la vérité en art.

• *Quatrième catégorie* : Diderot assume les fonctions de narrateur et de metteur en scène. Narrateur, il raconte le voyage de Jacques et de son maître, l'histoire du poète de Pondichéry (voir ci-dessus, p. 19) ; il relate l'apologue[1] d'Ésope ou l'histoire de Gousse (voir le résumé des 4e et 5e journées) ; il imagine comment il aurait modifié le dénouement de la pièce de Goldoni, *Le Bourru bienfaisant* (voir le résumé de la 6e journée).

Metteur en scène, Diderot indique, comme le ferait un dramaturge[2], l'attitude qu'adoptent ses personnages : « Le maître, à gauche, en bonnet de nuit [...]. L'hôtesse sur le fond, en face de la porte, proche de la table, son verre devant elle. Jacques, sans chapeau, à sa droite, les deux coudes appuyés sur la table » (p. 169).

1. Voir p. 22, note 1.
2. *Dramaturge* : auteur de pièces de théâtre, qu'il s'agisse de comédies ou de tragédies.

2 Les personnages

De la simple silhouette aux figures plus finement dessinées de Mme de La Pommeraye ou du père Hudson, *Jacques le Fataliste* renferme une foule de personnages. De cette foule émergent les deux protagonistes[1] de l'œuvre : Jacques et son maître. Leur statut de personnages éponymes[2] impose de les étudier en priorité ; les autres seront évoqués dans le chapitre, consacré aux conditions sociales.

LE MAÎTRE

Son identité (nom, prénom, âge) reste inconnue. Contrairement à de nombreux romanciers (Balzac ou Zola, par exemple), Diderot ne campe jamais le portrait de ses personnages : il les fait parler, agir, évoluer ; au lecteur de déduire qui ils sont. « Racontez-moi les faits, rendez-moi fidèlement les propos, et je saurai bientôt à quel homme j'ai affaire » (p. 301), s'exclame Jacques. Telle est la méthode de Diderot, qui la prête à son valet. Le maître se définit donc d'abord par sa position sociale : il est le supérieur, celui qui commande.

Un noble orgueilleux, autoritaire et bienveillant

Tout désigne que ce maître est un noble. Il porte l'épée (p. 325), privilège alors réservé à l'aristocratie. Il possède, selon ses propres dires (p. 279), un « nom » (au sens d'un titre de noblesse, comme celui de marquis ou de comte), un « état » (c'est-à-dire un rang élevé dans la société) et des « prétentions » (une grande ambition). Ses amis et

1. *Protagoniste* : personnage principal ou l'un des personnages principaux d'une œuvre.
2. *Éponyme* : qui donne son nom au titre d'une œuvre.

relations sont tous des gentilshommes . le « chevalier » de Saint-Ouin ; Desglands, « seigneur de Miremont », l'« intendant » (le gouverneur) de la province. Son refus de se mésallier[1] avec la jeune Agathe s'explique par une conception hautaine de l'honneur, qui oblige tout gentilhomme à maintenir la réputation de sa race. Sa vanité éclate quand il s'indigne que Denise lui ait préféré Jacques (p. 207) : à ses yeux, sa qualité de noble aurait dû lui faciliter tous les succès.

Vis-à-vis de Jacques, l'attitude du maître est empreinte de contradictions. Tantôt, usant de son autorité, il entre dans de terribles colères, le bastonne (p. 36), l'injurie, le traite de « maroufle[2] », et lui fait durement sentir qu'un valet est un subalterne, congédiable à tout moment (p. 207-208). Ce maître-là oublie rarement qu'il est le maître. Tantôt, au contraire, il manifeste une grande bienveillance envers son domestique. Il le console quand la mort (supposée) de son capitaine l'afflige (p. 106), ou bien lorsque Jacques est blessé à la tête après être tombé de cheval. Enfin, il lui a promis de subvenir aux besoins de ses vieux jours (p. 205). Ce maître sait être humain et, comme le remarque Jacques, « ce n'est pas trop la qualité des maîtres envers leurs valets » (p. 106).

Un noble au prestige diminué

Cet homme qui a pour lui son rang social, sa bonne éducation et qui sait écouter (vertu non négligeable avec un valet aussi bavard que Jacques), voit pourtant son prestige décroître à mesure que se déroule le roman. Il attend en « tremblant » que Jacques neutralise les brigands de l'auberge[3] et éprouve une peur indigne d'un noble. Dans le théâtre de Molière[4], les maîtres sont toujours courageux et les valets toujours des poltrons (voir Sganarelle dans *Dom Juan*). Dans *Jacques le Fataliste,* tout se passe comme si le maître et le valet avaient échangé leurs qualités traditionnelles.

---

1. *Se mésallier* : épouser une personne socialement inférieure à soi.
2. *Maroufle* (p. 208) : terme injurieux, synonyme de coquin, bandit, vaurien.
3. Voir ci-dessus le résumé de la 2e journée, p. 14-15, et p. 42 du roman.
4. Le théâtre de Molière n'est pas sur ce point une exception ; il en allait de même dans les romans des XVIIe et XVIIIe siècles.

Ensuite, à deux reprises, le maître apparaît comme la dupe des événements ou de sa naïveté. Pour n'avoir pas cru qu'une blessure au genou fût une des «plus cruelles» (p. 37), il tombera de cheval (p. 50), se froissera le genou et devra reconnaître son erreur (p. 51). Pour avoir trop cru en la vertu d'Agathe et dans l'amitié du chevalier de Saint-Ouin, il se trouve dans l'obligation peu honorable d'endosser la paternité d'un enfant qui n'est pas de lui[1]. Ce maître, enfin, s'ennuie dès qu'il est privé de son valet : il ne sait «que devenir sans sa montre, sans sa tabatière et sans Jacques : c'étaient les trois grandes ressources de sa vie» (p. 59-60). S'il conserve en apparence son autorité, dans la réalité il perd son autonomie et toute initiative : c'est toujours Jacques qui agit, qui commande les menus, qui choisit la chambre d'auberge; c'est encore lui qui, le plus souvent, parle. Parfois, le maître paraît même perdre son sens critique : ainsi, quand il condamne le comportement vengeur de Mme de La Pommeraye, Diderot intervient directement pour le contredire[2].

Une satire de l'autorité

Chemin faisant, le lecteur se demande qui, en définitive, est le maître de qui. Bien qu'un valet doive en principe obéir à son maître, Jacques n'hésite pas à tenir tête au sien et même à affirmer sa supériorité[3]. Le contrat de réconciliation établi à la fin de la querelle[4] est beaucoup plus favorable au valet qu'au maître. Aux termes de ce contrat, en effet, Jacques a le droit de tout dire et de tout faire, cependant que le maître n'a que celui de tout supporter. Comme celui-ci s'en indigne, il s'entend répondre : «Jacques mène son maître. Nous serons les premiers dont on l'aura dit; mais on le répétera de mille autres qui valent mieux que vous et moi» (p. 212). Enfin,

1. Voir ci-dessus le résumé de la 8e journée, p. 38-39, et p. 315 du roman.
2. Voir ci-dessus le résumé de la 6e journée, p. 31-32, et p. 198 à 200 du roman.
3. Faisant allusion à l'épisode des brigands, Jacques dit : «Si, dans la chaumière où nous trouvâmes les coquins, Jacques n'avait pas valu un peu mieux que son maître... » (p. 207) ; sous-entendu : le maître n'a pas été très courageux et, sans son valet, il aurait passé un mauvais quart d'heure.
4. Voir le résumé de la 7e journée, p. 36-37, et p. 211-212 du roman.

appeler un personnage «le maître», comme le fait constamment Diderot, c'est d'une certaine façon souligner la dépendance de ce personnage. Ce maître l'est de quelqu'un, mais sans ce quelqu'un, il ne serait pas maître. Ainsi le roman affirme et nie tout à la fois la supériorité du maître de Jacques. Subtile, la satire de l'autorité n'en est pas moins réelle.

JACQUES

Comme son maître, le valet ne possède pas de patronyme. Il n'a qu'un prénom qui, pour le sauver de l'anonymat, ne suffit pourtant pas à l'individualiser. Depuis le Moyen Âge, l'appellation de *Jacques* renvoie à un type social et littéraire : celui du domestique et du rustre. C'est à quoi fait allusion le maître quand il réplique par agacement à son compagnon de route : «Jacques, tu te trompes, *un* Jacques n'est pas un homme comme un autre» (p. 207). Seuls son passé, ses actes et ses propos caractérisent le valet.

Une origine sociale imprécise mais modeste

On ne sait pas au juste qui est Jacques. Il est assurément d'humble condition, sans quoi il ne serait pas devenu valet. Son enfance s'est passée à la campagne, mais est-il fils de paysans ? Ses grands-parents qui portent le nom de Jason[1] étaient «brocanteurs» (p. 153); son parrain Bigre est «charron» de village (p. 239); de sa mère, rien n'est dit, et de son père, on sait qu'il lui a un jour demandé de mener «les chevaux à l'abreuvoir» (p. 35). Le renseignement est trop maigre pour en tirer une quelconque conclusion. Peut-être Jacques appartient-il au milieu des petits artisans, comme Bigre ou comme la couturière Justine (p. 239), dont il s'éprendra. Cette imprécision sur l'origine sociale du personnage s'ajoute à son semi-anonymat pour faire de Jacques un homme libre de toute attache, de tout passé. Aucune obligation ne pèse sur lui; il est, il sera tel que la nature et le hasard l'auront façonné.

1. Comme on ignore s'il s'agit de ses grands-parents maternels ou paternels, on ne peut affirmer que Jacques s'appelle Jason. De même, le nom de son parrain de baptême, qui peut être un simple ami de la famille, ne permet d'échafauder aucune hypothèse.

L'éducation de Jacques

Quelques scènes isolées – évoquées sous forme de digressions – racontent brièvement la jeunesse de Jacques. Elles suscitent, à vrai dire, autant de questions qu'elles apportent de réponses. Ses grands-parents l'ont élevé durant « les douze premières années » de sa vie (p. 153). Mais on ignore pourquoi ce sont eux et non les parents de Jacques qui l'élèvent. Sa scolarité est inexistante. Parce que les études l'ennuyaient ? ou parce qu'elles coûtaient trop cher ? Mais son frère, lui, sut très tôt « lire et écrire » et devint, avant d'entrer dans un couvent, l'« avocat consultant du village » (p. 76).

Si Jacques n'a pas reçu de véritable formation intellectuelle, il n'a pas davantage bénéficié d'une éducation morale positive. On lui a mis, très jeune, un « bâillon » pour l'empêcher de toujours parler (p. 153). Humoristique, l'anecdote n'en revêt pas moins une valeur symbolique. Le bâillon équivaut à une censure, stigmatise les contraintes éducatives. Jacques a grandi sans droit à la parole, donc à la liberté. Les tâches quotidiennes de l'existence suffisaient à l'occuper (p. 153). Son père était violent et autoritaire : dans une des mentions le concernant, on le voit battre son fils (p. 35-36). Ne transformons pas pour autant Jacques en enfant martyr. Jamais il ne se plaint de sa jeunesse dont il ne semble pas avoir conservé de mauvais souvenirs. Sans réelle formation, Jacques n'en est que plus à l'aise pour suivre la pente de son caractère, pour s'ouvrir à toutes les expériences. Son école est, en définitive, celle de la vie.

La première leçon que la vie lui a donnée concerne son corps. Chez lui, la vie sexuelle, loin de tomber sous le coup d'interdits moraux ou religieux, est toujours innocente. Sans gêne ni scrupules, Jacques raconte gaillardement la perte de son pucelage et les aventures amoureuses de son adolescence avec Suzanne et Marguerite (p. 250 à 257). Ce qu'il faut bien appeler le viol de Justine (p. 244) le laisse sans honte : la jeune fille, peu farouche, n'y a-t-elle pas finalement trouvé du plaisir ? Ainsi s'esquisse un trait fondamental de la personnalité de Jacques et de la morale anticonformiste de Diderot[1] :

1. Sur cette morale de Diderot, voir ci-dessous p. 80-81.

la soumission aux lois naturelles ne saurait être blâmable. Elle est au contraire une source de bonheur. Par compensation peut-être à la sévérité de son milieu familial, Jacques trouve ses joies dans sa sexualité.

Un personnage presque picaresque

Par certains aspects de son existence, Jacques s'apparente à un personnage picaresque. L'adjectif qualificatif *picaresque* est forgé sur le mot espagnol *picaro,* qui signifie « aventurier » et « gueux ». Au XVIe siècle, le *picaro* était le personnage principal de nombre de romans espagnols qui en racontaient les aventures. Celles-ci cachaient aussi un sens plus ou moins philosophique. Progressivement la littérature picaresque apparut en Allemagne, en Angleterre, et en France, avec des romans comme *Gil Blas de Santillane* (1715-1735) de Lesage ou *Le Paysan parvenu* (1735) de Marivaux.

Or, à la façon du *picaro,* Jacques a reçu une éducation négligée, a subi quelques mauvais traitements, et il s'est enfui loin de sa famille. De même, sa vie se place sous le signe de l'errance et du voyage. Ce voyage est à la fois géographique et social. Avant d'entrer au service de son maître, Jacques a exercé différents métiers, connu diverses situations. Engagé volontaire, il a été soldat. Il est ensuite devenu valet dans plusieurs maisons : chez le noble de La Boulaye, chez un magistrat toulousain, chez le comte de Tourville, chez la marquise du Belloy, chez un cousin de celle-ci, chez un usurier[1] parisien, chez une demoiselle Isselin, que son futur maître entretenait (p. 205). Accusé (à tort) de l'assassinat du chevalier de Saint-Ouin, Jacques est jeté en prison. Libéré par Mandrin et ses brigands, il s'enrôle un temps dans leur troupe. La fin du roman le montre concierge au château de Desglands.

Ces mésaventures et activités successives correspondent à autant d'expériences humaines. À chaque fois, Jacques découvre un

1. *Usurier* : homme qui prête de l'argent à un taux d'intérêt excessif, supérieur au taux maximum fixé par la loi.

milieu géographique, social, professionnel, et même intellectuel, particulier. Comme le *picaro* enfin, il se pose des questions philosophiques : l'homme est-il libre ? Que fait-il sur la terre ? Quelle morale convient-il d'adopter ? (On examinera dans les chapitres 4 et 5, consacrés au fatalisme et à la pensée de Diderot, la manière dont Jacques répond à ces questions.)

Mais, à la différence du *picaro,* Jacques n'est pas un parasite. Il n'est victime ni de la faim ni de la dureté du monde. Il n'accorde pas une grande importance à l'argent et il n'est pas d'une moralité douteuse. C'est un « bon homme, franc, honnête, brave » (p. 218), toutes qualités qui ne sont pas les vertus traditionnelles du *picaro*.

Un valet philosophe

Jacques acquiert progressivement la stature d'un philosophe. Son maître le qualifie d'ailleurs d'« espèce de philosophe », puis de « philosophe » (p. 164) tout court ; et Diderot, intervenant en personne, dit que Jacques « se pique de philosophie » (p. 260). Ce valet disserte en effet sur la liberté, sur les notions de bien et de mal, sur la vertu et le vice, sur la destinée humaine. C'est un adepte de la doctrine fataliste, analysée dans le chapitre 4 (p. 68).

La présentation de Jacques comme philosophe s'effectue de trois façons : directement, dans l'action même du roman ; indirectement, par l'exposé de sa doctrine ; et gaiement, par un jeu d'allusions littéraires.

1. Jacques est un philosophe en action. Chez lui, le raisonnement ne se dissocie pas de l'expérience. Tout ce qui lui arrive d'heureux ou de moins heureux devient matière à réflexion. Tantôt il voit dans sa propre vie le bien-fondé de ses convictions philosophiques : « Dieu sait les bonnes et mauvaises aventures amenées par ce coup de feu. Elles se tiennent ni plus ni moins que les chaînons d'une gourmette » (p. 36). Tantôt il déduit d'observations banales des leçons générales. Jacques remarque ainsi que les « petites gens » qui n'ont pas de « pain pour eux », entretiennent tout de même un chien. « D'où il conclut que tout homme voul[ant] commander à un autre [...]

chacun a son chien. Le ministre est le chien du roi, le premier commis est le chien du ministre, la femme est le chien du mari, ou le mari le chien de la femme» (p. 214). Jacques n'est pas un intellectuel coupé de la vie. C'est la vie qui le rend intellectuel.

2. Jacques apparaît aussi indirectement comme un philosophe. Quand il s'agit de faire un exposé sur le fatalisme, Jacques n'assume plus le premier rôle. Diderot prend sa place pour conduire cet exposé : «Tout ce que je vous débite là, lecteur, je le tiens de Jacques, je vous l'avoue, parce que je n'aime pas à me faire honneur de l'esprit d'autrui» (p. 217). L'absence de véritable culture du valet, ses maladresses d'expression («Ah! si je savais dire comme je sais penser!» p. 51) justifient que Jacques soit dépossédé de son propre discours, et que celui-ci soit pris en charge par Diderot.

3. Une comparaison littéraire achève d'ériger Jacques en philosophe. Annoncé par la soûlerie du valet, le thème de la gourde constitue une allusion transparente au *Pantagruel* (livre V) de Rabelais (1494-1554), dans lequel Panurge recueille le secret de la sagesse : «En vin est vérité cachée.» Certes, l'ivresse pousse Jacques à proférer des paroles cocasses et bouffonnes. Mais, comme chez Rabelais où le comique sert à masquer des propos sérieux, Diderot use de la drôlerie pour faire de son personnage un partisan (comme Panurge) du «gai savoir» :

> Fallait-il résoudre une question de morale, discuter un fait, préférer un chemin à un autre, entamer, suivre ou abandonner une affaire, peser les avantages ou les désavantages d'une opération de politique, d'une spéculation de commerce ou de finance, la sagesse ou la folie d'une loi [...], son premier mot était : «Interrogeons la gourde» (p. 263).

Jacques prend ainsi place parmi les penseurs enthousiastes, heureux de vivre et de déchiffrer l'énigme du monde.

3 Les conditions sociales : peinture et satire

Outre Jacques et son maître qui en sont les principales figures, le roman renferme de nombreux personnages secondaires qui appartiennent au clergé, à la noblesse et au peuple. *Jacques le Fataliste* brosse de la sorte un vaste panorama de la société française du XVIIIe siècle.

LES GENS D'ÉGLISE

Trois « histoires » évoquent notamment les gens d'Église : celle du père Ange[1], celle de Richard et du père Hudson[2], et celle de Mme de La Pommeraye[3].

Les couvents et les moines

Les deux premières histoires se déroulent dans des couvents. Le tableau qu'en dresse Diderot est féroce. L'hypocrisie y règne en souveraine absolue. Débauché, aimant les femmes, le luxe et la bonne chère, le père Hudson exige des moines dont il est le supérieur[4] des vertus qu'il ne pratique pas lui-même (p. 220 à 223). Entre eux, les moines se révèlent implacables et cruels : ils tentent de faire passer le père Ange pour fou, coupable à leurs yeux d'être un prédicateur écouté ; ils le séquestrent et le martyrisent pour qu'il perde effectivement la raison (p. 81). Comme le dit Jacques à leur propos : « Le meilleur ne vaut pas grand argent » (p. 81).

---

1. Dans le roman, p. 76 à 81 ; voir aussi le résumé de la 4e journée, p. 19.
2. Dans le roman, p. 219 à 232 ; voir aussi le résumé de la 7e journée, p. 36-37.
3. Dans le roman, p. 144 à 197 ; voir aussi le résumé de la 6e journée, p. 31-32.
4. *Supérieur* : dans le vocabulaire religieux, désigne celui qui assure la direction d'un couvent.

Cette satire n'est pas en soi nouvelle. Les fabliaux du Moyen Âge et, au XVIe siècle, les romans de Rabelais dénonçaient déjà la perversité et la luxure des moines. Dans cette satire traditionnelle, il convient aussi de faire la part de l'athéisme personnel de Diderot. Toutefois, son anticléricalisme ne relève pas d'une intolérante position de principe. Selon Diderot, en effet, l'enfermement dans un couvent, qui équivaut à un emprisonnement volontaire, et l'inhibition des fonctions sexuelles (les moines font vœu de chasteté) ne peuvent conduire qu'à une perversion des sentiments. Détruisant l'équilibre du corps, la vie du cloître altère progressivement tout le comportement. L'amour se change en haine, l'amitié en jalousie, l'autorité en tyrannie. Diderot avait déjà soutenu cette thèse dans *La Religieuse,* roman écrit en 1760. Il la reprend ici pour la prêter à ses personnages. « Mais pourquoi est-ce qu'ils sont si méchants ? » demande Jacques. « Je crois que c'est parce qu'ils sont moines », répond son maître (p. 81). Ce ne sont pas les hommes qui sont en eux-mêmes mauvais, c'est l'institution des couvents qui les rend tels.

Ailleurs, le maître avance une explication rationnelle de la vocation religieuse. En proie aux troubles de l'adolescence, les jeunes gens trouvent un réconfort dans le silence des couvents. Alors qu'ils éprouvent l'appel naturel des sens, ils croient entendre, dans ce calme bienfaisant, l'appel de Dieu. Quand ils reconnaissent leur erreur, il est souvent trop tard : « L'être séquestré tombe dans les regrets, la langueur, les vapeurs, la folie ou le désespoir » (p. 219). Par cette interprétation physiologique, la critique de Diderot dépasse la simple satire littéraire.

Les prêtres

Bien que, contrairement aux moines, ils vivent dans le monde, les prêtres ne sont pas davantage épargnés. Un « petit abbé », « impie, incrédule, dissolu, hypocrite, anti-philosophe » (p. 162), goûte les charmes de la fille d'Aisnon ; des prélats[1] font de la malheureuse que sa mère prostitue, leur maîtresse d'une semaine ou d'un mois. Son

1. *Prélat* : haut responsable de l'Église (cardinal, archevêque, évêque).

confesseur joue les entremetteurs entre la jeune fille et le marquis des Arcis : il se sert de ce qu'elle lui avoue en confession pour lui faire accepter l'amour et l'argent du marquis (p. 183-184). Enfin, quand ils ne sont pas immoraux et scandaleux, les prêtres sont ridicules. Le curé du village qui surprend les ébats amoureux de Jacques et de Suzon est un poltron, bègue de surcroît, que Jacques punit de sa curiosité en l'enfermant dans un grenier (p. 258).

La critique de la toute-puissance de l'Église

Au-delà et à travers la satire du clergé, c'est en définitive la toute-puissance de l'Église que Diderot met en cause. Premier ordre[1] du royaume, l'Église exerçait à l'époque une influence considérable, à tous les échelons de la société, non seulement sur les esprits, mais aussi dans la vie quotidienne. Bien qu'il n'en soit pas un dignitaire[2], le frère de Jacques, parce qu'il est moine, peut répandre des bienfaits matériels sur les siens et ses amis[3]. L'Église privilégie l'ascension sociale de ceux qui lui ont donné l'un de ses membres. Elle intrigue encore dans les familles, comme le montre le comportement du confesseur de Mme et de Mlle d'Aisnon, pour y jeter la division et pour mieux assurer son emprise.

Enfin, mélangeant les domaines spirituel et politique, elle participe au gouvernement. L'histoire de Richard et du père Hudson mentionne Mirepoix (p. 223), ancien moine devenu ministre du roi Louis XV et chargé du département des bénéfices, c'est-à-dire qu'il nommait les titulaires des abbayes[4]. C'est ce ministre que le père Hudson (dont Richard a démasqué l'hypocrisie) va consulter à Versailles. Contre toute justice, Mirepoix réhabilite Hudson, lui donne

---

1. *Ordre* : sous la monarchie, la société française était divisée en trois ordres (catégories) : le clergé, la noblesse et le tiers état (la bourgeoisie et le peuple).

2. *Dignitaire* : personnage important.

3. « Il a marié et bien marié deux de nos sœurs et quelques autres filles du village. Il ne passait pas dans les rues, que les pères, les mères et les enfants n'allassent à lui, et ne lui criassent : "Bonjour, frère Jean ; comment vous portez-vous, frère Jean ?" Il est sûr que quand il entrait dans une maison la bénédiction du ciel y entrait avec lui » (p. 76).

4. Les abbayes et les monastères possédaient souvent des terres cultivées, dont le titulaire (celui qui était nommé à la tête de l'abbaye) recevait une partie du produit financier alors appelé *bénéfice*.

une riche abbaye, tandis qu'il expédie Richard dans un lointain couvent (p. 229-230). Par ces quelques exemples, Diderot laisse entendre que l'Église outrepasse son rôle, qu'elle est aussi une puissance d'argent et qu'elle ne dédaigne pas de participer à des intrigues.

LA NOBLESSE

Si l'on excepte le maître de Jacques, déjà présenté[1], les nobles sont moins nombreux que les gens d'Église. Le roman en campe principalement deux : le marquis des Arcis, dans l'histoire de Mme de La Pommeraye[2], et le chevalier de Saint-Ouin dans celle des amours du maître[3].

Des portraits moralement contrastés

Ces deux nobles s'opposent radicalement. Le marquis des Arcis est un mondain séduisant et un « homme d'honneur » (p. 145). Il s'avère capable de s'élever au-dessus des préjugés sociaux. Quand, victime de la vengeance de Mme de La Pommeraye, il découvre que la femme qu'il a épousée est une ancienne prostituée (Mlle d'Aisnon), il fait preuve d'une générosité évidente. Bien qu'il soit atteint dans son honneur (valeur primordiale pour un noble), il pardonne à sa jeune épouse et l'emmène vivre sur ses terres en province, le temps que s'apaise à Paris le scandale de son mariage (p. 195).

Le chevalier de Saint-Ouin, au contraire, est un escroc. Il s'entremet entre le maître de Jacques et Agathe, dont il est en réalité l'amant ; il offre à Agathe, comme s'ils venaient de lui, les cadeaux que le maître fait passer à la jeune fille ; il n'assume pas la paternité de son propre enfant ; il est enfin indicateur de police. C'est « un grand fripon » (p. 284), ainsi que le dit Jacques.

---

1. Voir ci-dessus chap. 2, p. 51.
2. Dans le roman, p. 144 à 197 ; voir aussi le résumé de la 6e journée, p. 31.
3. Dans le roman, p. 266 à 315 ; voir aussi le résumé de la 8e journée, p. 38-39.

Des nobles discrédités

Si différents soient-ils de caractère, le marquis et le chevalier connaissent des mésaventures qui éclaboussent le prestige de l'aristocratie à laquelle ils appartiennent. Malgré ses qualités, le marquis des Arcis apparaît comme un jouet entre les mains de Mme de La Pommeraye, et il contracte un mariage peu glorieux. Il joue finalement, après avoir abandonné Mme de La Pommeraye, le rôle du trompeur trompé. Quant au chevalier de Saint-Ouin, il meurt, tel un vulgaire voleur, dans le duel impromptu qui l'oppose au maître de Jacques (p. 325). Si l'on ajoute que ce dernier, lui aussi, perd progressivement son autorité (voir ci-dessus p. 52), ce sont donc tous les représentants de la noblesse qui sont déconsidérés par le roman.

Des nobles en voie de déclassement social

Cette perte de prestige ne tient pas à un préjugé systématique que Diderot nourrirait à l'égard de la noblesse. Elle provient d'un phénomène analysé avec précision sous le couvert de péripéties amoureuses et romanesques : le manque d'argent. Moteur de la transformation sociale, la richesse engendre, dans la pratique, de nouvelles hiérarchies et de nouveaux rapports peu favorables à une noblesse de plus en plus désargentée.

En dépit de sa noble naissance, le chevalier de Saint-Ouin n'a pas (ou n'a plus) de fortune. Obligé de vivre d'expédients, il travaille à l'occasion pour l'usurier Merval, qui lui réserve une commission sur les affaires que le chevalier lui procure (p. 274).

Fils de bonne famille, le maître de Jacques n'a aucun argent personnel pour couvrir Agathe de cadeaux : il lui faut emprunter. Seule la mort de son père et l'héritage qu'il fait le sauvent des dettes et de la prison. Durant toute sa liaison avec Mme de La Pommeraye, le marquis des Arcis vit pour l'essentiel sur la fortune de sa maîtresse.

Inversement, Mme de La Pommeraye (l'unique femme noble du roman), riche et veuve, est suffisamment indépendante matériellement pour décider ou non de se remarier. Sans sa fortune, elle ne pourrait subvenir aux besoins de Mme d'Aisnon et de sa fille, et, sans elle, elle ne pourrait pas se venger de l'inconstance du marquis des Arcis. L'argent permet tout ; ne pas en avoir oblige à recourir à des tromperies, à des manœuvres : il finit ainsi par corrompre.

Ce que *Jacques le Fataliste* enregistre, c'est la décadence sociale et morale d'une noblesse dont l'appauvrissement n'autorise plus les prétentions.

LA BOURGEOISIE

Les représentants de la bourgeoisie sont assez nombreux dans *Jacques le Fataliste.* Mais leur rôle est souvent assez secondaire. Soit parce qu'apparaissant au gré des nécessités du récit, ils ne sont que de simples silhouettes ; soit parce que c'est moins leur situation sociale qui compte que le trait principal ou l'originalité de leur caractère. Ainsi M. Le Pelletier, dont Jacques raconte l'histoire (p. 90 à 92), est un riche bourgeois d'Orléans ; sa condition sociale importe toutefois moins que sa décision de mettre sa fortune au service des pauvres. Gousse, dont Diderot relate en personne l'histoire (p. 99 à 101, puis p. 120 à 122), est un bourgeois de Paris ; son sens exagéré de l'amitié et ses démêlés avec sa femme s'avèrent cependant plus importants que son statut social. Deux grandes catégories de bourgeois sont en revanche plus amplement décrites : les usuriers, ainsi que les médecins et les chirurgiens.

Les usuriers

Ils surgissent essentiellement dans l'histoire des amours du maître (p. 266 à 315). Tous possèdent une couverture officielle, une activité qui leur sert d'alibi – l'usure[1] étant réprimée par la loi. Le Brun, brocanteur de son métier, Merval, marchand de produits de luxe, sont en sous-main des « faiseurs d'affaires » (p. 266). La manière dont ils prétendent aider le maître de Jacques mérite d'être détaillée parce qu'elle explique l'enrichissement rapide de ces personnages peu scrupuleux et parce qu'elle montre comment l'argent est un facteur de mobilité sociale et de corruption morale.

1. Voir p. 56, note 1.

Pour conquérir les faveurs d'Agathe, le maître de Jacques a besoin d'argent. N'en ayant pas, il cherche à emprunter. Bien qu'il soit majeur et solvable[1], Le Brun lui refuse d'abord un prêt. Il s'agit en réalité d'obliger le maître à une transaction financière douteuse. Le Brun et son associé Fourgeot l'emmènent chez Merval. Celui-ci lui fait signer une lettre de change[2] pour un montant de 19 775 livres, mais au lieu de lui donner de l'argent, Merval vend pour cette somme des marchandises au maître qui doit les revendre. Avec le prix qu'il en tirera, il pourra ainsi rembourser son emprunt. Le maître parvient péniblement à les vendre pour 1 000 livres. Le résultat est clair : Merval, sans débourser un centime, a gagné dans l'opération 18 775 livres de bénéfice, et le maître se retrouve aussi pauvre qu'auparavant. Les « faiseurs d'affaires » sont donc des escrocs, mais ils ont pignon sur rue, fréquentent la bonne société et usurpent des titres de noblesse : Merval se fait appeler M. de Merval (p. 271 à 276).

Les médecins et les chirurgiens

La blessure au genou de Jacques et sa longue guérison justifient la présence du corps médical. Selon la distinction encore courante au XVIIIe siècle entre les arts libéraux (professions intellectuelles) et les arts mécaniques (métiers manuels), le médecin l'emporte (en principe) en dignité sur le chirurgien qui, travaillant dans la chair et le sang, exerce une activité jugée contraire au « bon goût » (p. 40).

Les médecins apparaissent de fait comme des intellectuels et des mondains. Ils écrivent des traités (cas du docteur Tissot, p. 202), ils aiment converser avec leurs malades, ils parlent volontiers de leurs patients les plus illustres, et s'ils auscultent, ils ne soignent pas. Fidèles à la lignée des médecins ignorants de Molière[3], ils se trompent dans leur diagnostic. L'un d'eux va même jusqu'à reconnaître que l'administration à un malade des derniers sacrements de

---

1. *Solvable* : capable de rembourser ses créanciers.
2. *Lettre de change* : lettre par laquelle quelqu'un s'engage à rembourser une somme d'argent à une date déterminée.
3. Dans le théâtre de Molière, en effet, tous les médecins sont des ignorants (voir par exemple *Le Malade imaginaire*).

l'Église[1] s'avère plus efficace que toutes les prescriptions médicales. Diderot fait ainsi la satire du corps médical. Elle était traditionnelle depuis le Moyen Âge.

Les chirurgiens, quant à eux, vivent chichement. Ils ne possèdent pas de cabinet où recevoir leurs clients, mais vont de ville en ville comme des marchands ambulants (p. 37-38). Ils sont en même temps barbiers et vétérinaires, discutent âprement le montant de leurs honoraires (p. 112 à 114), et ils boivent beaucoup. On les accuse enfin de faire «durer les maladies le plus longtemps qu'ils peuvent» (p. 53). Mais en dépit de ces défauts, Diderot, lui-même passionné de médecine, éprouve une sympathie certaine à leur égard. Ne réussissent-ils pas à guérir Jacques? Au contraire des médecins, les chirurgiens sont efficaces.

LE PEUPLE

Roman du voyage, *Jacques le Fataliste* évoque enfin les milieux populaires, au hasard des rencontres ou des haltes dans les auberges.

Ce sont parfois des figures fugitives, dessinées en quelques mots : un porteballe (marchand ambulant, p. 60), des mendiants, des prostituées et des musiciens des rues (p. 259). Bigre, charron de profession et parrain de Jacques, représente les artisans. À l'époque des diligences, des chevaux et des charrettes, le charron, qui répare les essieux des roues, ferre les sabots des chevaux, est un intervenant essentiel dans la vie socio-économique (p. 239 à 241). Le métier d'aubergiste est largement décrit : l'hôtesse qui raconte à Jacques et à son maître l'histoire de Mme de La Pommeraye est sans cesse interrompue dans son récit par les appels et par les commandes des clients, ou par la distribution du courrier (p. 145-146).

Le monde de la paysannerie est saisi dans toute sa (réelle) pauvreté : «À peine pouvons-nous suffire à nos besoins et aux besoins de nos enfants» (p. 53), dit le paysan à sa femme qui a charitable-

1. Sacrements de pénitence et d'extrême-onction qu'un prêtre administre à un mourant.

ment recueilli Jacques. Aux lourds impôts à payer s'aioutent, les mauvaises années, de maigres récoltes. Ne possédant pas de terres, ils trouvent difficilement à s'embaucher : « Encore si l'on trouvait à travailler ; mais les riches se retranchent ; les pauvres gens ne font rien ; pour une journée qu'on emploie, on en perd quatre. Personne ne paye ce qu'il doit ; les créanciers sont d'une âpreté qui désespère » (p. 53). Aussi beaucoup de paysans, abandonnant l'agriculture, s'engagent-ils dans l'armée ou deviennent-ils domestiques (comme Jacques avant et après sa blessure). D'autres versent dans la criminalité : ainsi, Jacques et son maître « travers [ent] une contrée peu sûre en tout temps, et qui l'était bien moins encore alors que la mauvaise administration et la misère avaient multiplié sans fin le nombre des malfaiteurs » (p. 41). Mandrin et ses brigands, qui délivreront Jacques de sa prison, sont les fils de cette misère des campagnes. Ces notations font que, par moments, *Jacques le Fataliste* devient un document social.

À l'égard de ces miséreux, le maître de Jacques a souvent un hautain préjugé aristocratique : « Rien ne peuple (c'est-à-dire : ne procrée) comme les gueux » (p. 54), dit-il. Mais Jacques, qui se sent proche d'eux par ses origines, les comprend et leur manifeste sa bienveillance : « Un enfant de plus n'est rien pour eux ; c'est la charité qui les nourrit. Et puis c'est le seul plaisir qui ne coûte rien ; on se console pendant la nuit, sans frais, des calamités du jour » (p. 54). Pour Jacques, la démographie est le fruit de la pauvreté. C'est, en tout cas, parmi les humbles que se rencontre la plus grande générosité : une paysanne recueille Jacques ; l'aubergiste bourru prête sans intérêt de l'argent à un paysan dans le besoin (p. 135-136). Les petites gens ont le sens de la solidarité. Diderot, en inventant ces épisodes romanesques, leur témoigne indirectement de sa compassion. Ailleurs, il prend clairement leur défense : « Le peuple est terrible dans sa fureur ; mais elle ne dure pas. Sa misère propre l'a rendu compatissant » (p. 217).

4 Le fatalisme

S'il n'a pas de nom de famille, Jacques possède un surnom : « le Fataliste ». Or, le fatalisme renvoie à une interprétation philosophique du monde : quelle est-elle ? Dans quelle mesure Jacques est-il fataliste ? L'est-il même vraiment ? Ou faut-il parler à son propos de déterminisme[1] ? Telles sont les questions que le titre même de l'œuvre invite à se poser.

QU'EST-CE QUE LE FATALISME ?

Le mot *fatalisme* (comme l'adjectif qualificatif *fatal*) provient du mot latin *fatum,* qui signifie « destin ». Le fatalisme désigne la doctrine d'après laquelle la vie de chaque individu est fixée de toute éternité par le destin, indépendamment de ce que l'homme peut vouloir et faire. Ce destin, quel est-il ? Ses attributs et son identité ont varié selon les siècles et les civilisations.

Dans la religion grecque de l'Antiquité, le destin était une puissance sans visage, supra-humaine, au-dessus des dieux eux-mêmes (au-dessus de Zeus-Jupiter, roi des dieux) qu'il soumettait à ses décisions. Ses lois, se confondant avec celles de la nécessité[2], étaient inéluctables et inconnaissables. Chez les musulmans, le destin s'identifie aux volontés d'Allah : ce qu'Allah veut se réalise toujours, que les hommes en soient ou non d'accord. Chez les chrétiens, le destin devient la manifestation de la justice divine. Dieu est à la fois cause première et cause finale. Il est cause première, parce que tout ce qui existe naît de l'acte créateur ; il est cause finale, parce

1. Sur le sens de ce mot, voir ci-dessous p. 72.
2. *Nécessité* : en philosophie, désigne la contrainte exercée sur les désirs et les actions des hommes par l'enchaînement inévitable des effets et des causes.

que chaque existence – comme l'ensemble de la création – évolue en vue d'une fin préméditée par Dieu. Le mal que, par définition, Dieu ne peut vouloir, provient dès lors des fautes et des imperfections humaines.

Dans tous les cas, le fatalisme est une interprétation religieuse du monde. Il en est même un principe d'explication, bien que l'homme ignore fondamentalement quelles sont les volontés de la divinité. Mais, en définitive, les connaître importe peu. L'essentiel, en effet, est que l'existence de cette divinité exclut le hasard. Le fatalisme refuse en ce sens la contingence[1] de l'univers.

JACQUES EST-IL VRAIMENT FATALISTE ?

Au regard de ces définitions traditionnelles, le fatalisme de Jacques soulève quelques difficultés d'analyse : Jacques est-il vraiment fataliste ? La question peut paraître incongrue : le titre du roman ne l'affirme-t-il pas ? Le problème est que, d'un côté, Jacques s'affirme fataliste et que, d'un autre côté, il réagit et parfois réfléchit comme s'il ne l'était pas.

Jacques s'affirme fataliste

Ce valet philosophe ne cesse d'invoquer « le grand rouleau où tout est écrit » (p. 45). Jacques ne sait pas ni qui a rédigé ce « grand rouleau » ni ce qui y est écrit, mais il a conscience qu'une puissance supérieure décide du moindre de ses actes. Le thème revient dans l'œuvre comme un leitmotiv[2] : chaque balle de fusil a son « billet[3] » ; « Tout ce qui nous arrive de bien et de mal ici-bas [est] écrit là-haut » (p. 35) ; quand Jacques tombe amoureux (p. 40), quand il est emprisonné à la suite du meurtre du chevalier de Saint-Ouin, il répète le même refrain : « Il fallait que cela fût, cela était écrit là-haut » (p. 325).

1. *Contingence* : en philosophie, désigne le fait d'être soumis au hasard ; on dit qu'une chose est *contingente* lorsqu'elle est fortuite, accidentelle.
2. *Leitmotiv* : terme d'origine allemande désignant une phrase, une formule qui revient à plusieurs reprises.
3. *Billet* : l'adresse (autrement dit le soldat) que la balle va atteindre.

Cette croyance dans le fatalisme confère à l'homme un certain sens de la grandeur et de la sagesse. Ainsi le capitaine de Jacques, fataliste lui aussi, témoignait-il d'une grande bravoure sur le champ de bataille et « allait-il au feu comme au bal » (p. 46) : si chaque balle a son « billet », et si ce « billet » est le sien, on se fera tuer, quoi qu'on fasse ; autant, dès lors, opter pour l'héroïsme. Quant à Jacques, il ne s'inquiète pas de savoir si Denise le trompera un jour ou non : « S'il est écrit là-haut que tu seras cocu, Jacques, tu auras beau faire, tu le seras [...] ; dors donc, mon ami » (p. 330). Même si, par miracle ou par extraordinaire, l'homme parvenait à savoir ce qui est écrit sur « le grand rouleau », il n'échapperait pas à son destin, malgré toutes les précautions qu'il pourrait prendre. Car s'il y échappait, cela prouverait qu'il y a une « ligne fausse sur le grand rouleau ». Or, par hypothèse, celui-ci « contient vérité [...], ne contient que vérité » et « contient toute vérité » (p. 45). L'homme ne dispose donc d'aucun moyen de se soustraire aux décisions d'en haut. En ce sens Jacques est fataliste.

Ce fatalisme, il l'a appris de son capitaine qui, lui-même, l'avait découvert dans les œuvres du philosophe hollandais Spinoza[1] (p. 218). Selon Spinoza, Dieu se confond avec la nature, avec le « grand tout[2] ». Comme, par définition, Dieu est son propre créateur, il est cause de lui-même[3]. La nature devient également cause d'elle-même. Elle ne peut donc pas exister d'une autre façon, car il faudrait pour cela qu'elle procède d'une cause extérieure. Aussi est-il inutile de se révolter contre l'existence.

Jacques ne réagit pas en véritable fataliste

Malgré ses professions de foi répétées dans le fatalisme, Jacques, quand on examine de près ses réactions, ne se comporte pas en vrai fataliste.

---

1. Spinoza (1632-1677) est surtout connu pour l'*Éthique*, qui est son principal ouvrage. Il y examine le concept de Dieu.
2. C'est-à-dire que Dieu n'est pas une personne, ni un être supérieur (contrairement à ce qu'enseigne le christianisme) : il est l'unité du monde avec lequel il se confond. C'est la définition même du panthéisme.
3. Car si Dieu n'était pas cause de lui-même, il serait dépendant et il ne serait donc plus Dieu.

Tout d'abord, Jacques ne croit pas en Dieu. Il lui arrive certes de prier, mais c'est « à tout hasard » (p. 204). Pour lui, le système de Spinoza ne possède en outre qu'une valeur sentimentale : « Lorsque l'accident était arrivé, il en revenait à son refrain ; et il était consolé » (p. 218). Tout se passe comme si Jacques voyait dans le fatalisme non pas une philosophie, non plus qu'une explication du monde, mais un moyen d'accepter, de surmonter ses malheurs et ses échecs. Le « grand rouleau » fonctionne comme un remède psychologique. Enfin et surtout, Jacques ne met pas ses principes en pratique : « Souvent il était inconséquent comme vous et moi, et sujet à oublier ses principes », écrit Diderot (p. 218).

L'exemple le plus significatif est celui des brigands de l'auberge[1]. Jacques les enferme à double tour dans leur chambre, dont il emporte la clé, pour se donner le temps de fuir. Au regard du fatalisme, la précaution s'avère inutile. S'il était écrit que les brigands rattraperaient Jacques et son maître, peu importe qu'il les ait ou non enfermés à double tour : ceux-ci auraient réussi à les rejoindre. Bien qu'il doute de sa propre liberté, Jacques se conduit pourtant comme s'il était libre. Quand son maître menace de le bastonner, il lui réplique : « Tout doux, monsieur, je ne suis pas d'humeur aujourd'hui à me laisser assommer ; je recevrai le premier coup, mais je jure qu'au second je pique des deux[2] et vous laisse là » (p. 66). Dans une optique fataliste, ce sursaut est absurde, puisque nul ne peut modifier les arrêts du destin ; s'il avait été décidé que Jacques fût battu par son maître, il l'aurait été en dépit de son « humeur ».

Bien d'autres épisodes du roman indiquent que Jacques s'en remet en pratique à son instinct, à ses pressentiments, comme s'il disposait d'une marge de manœuvre personnelle ou comme s'il pouvait avoir raison contre le destin. L'une de ses réactions les plus curieuses réside dans son comportement lorsque son cheval le jette par trois fois au pied d'un gibet[3]. Voilà qui a de quoi inquiéter. N'est-

---

1. Voir ci-dessus le résumé des 2e et 3e journées, p. 14-18.
2. *Piquer des deux* (éperons) : éperonner vivement son cheval pour partir au galop.
3. Voir le résumé de la 4e journée, p. 21-22.

ce pas un présage ? un avertissement du destin pour lui signifier qu'il finira pendu ? Son maître, qui n'adhère pourtant pas à la doctrine fataliste, est bien près de le croire. Jacques, lui, se refuse à envisager une telle hypothèse : « Je ne serai peut-être pas pendu du tout », dit-il ; ou encore : « il est peut-être écrit là-haut que j'assisterai seulement à la potence d'un autre » (p. 94). En essayant de formuler une explication qui lui soit avantageuse, Jacques essaie en réalité de ruser, de se rassurer. Son fatalisme vole en éclats : il ne se résigne pas à ce qui paraît être un signe du destin.

Ailleurs, le fatalisme n'est que le masque commode de l'intuition. Fouillant dans les marchandises du porteballe pour récupérer la montre que son maître a perdue, Jacques « *crut voir* écrit en haut que la montre que cet homme lui avait proposée était celle de son maître » (p. 60). Que vient faire le fatalisme dans cette identification d'un objet ? Ce n'est ici qu'un mot creux qui sert d'alibi à Jacques.

DU FATALISME AU DÉTERMINISME

Comment, dès lors, comprendre cette contradiction entre les propos et les actes de Jacques ? Ou, pour poser la question autrement, en termes philosophiques : « Est-ce nous qui menons le destin, ou bien est-ce le destin qui nous mène ? » (p. 46). Toute la difficulté tient à l'emploi des termes *fatalisme/fataliste* eux-mêmes.

Jacques est souvent plus déterministe que fataliste. Comme le fatalisme, le déterminisme postule que tout effet provient d'une cause, et qu'une même cause produit toujours les mêmes effets. Mais à la différence du fatalisme (qui soumet complètement l'homme au destin), le déterminisme soutient qu'en modifiant les causes, il devient possible de modifier les effets. Simple valet qui n'a pas pu effectuer de grandes études, Jacques confond les deux notions. En voici trois exemples :

1. Relatant sa blessure au genou, Jacques affirme : « Sans ce coup de feu, par exemple, je crois que je n'aurais été amoureux de ma vie, ni boiteux » (p. 36). Le lecteur (comme le maître d'ailleurs) se demande quel peut bien être le rapport entre une blessure, une claudication et un amour. La suite du roman montre que les faits « se tiennent ni plus ni moins que les chaînons d'une gourmette » (p. 36) : Jacques conserve de sa blessure une séquelle, et il est finalement soigné par Denise dont il tombe amoureux. Mais il s'agit ici d'une causalité déterministe : sans cette blessure (modification de la cause première), rien ne serait arrivé (modification des effets). Quant à prouver que le destin avait voulu de toute éternité que Jacques fût blessé sur un champ de bataille, c'est évidemment impossible.

2. Un deuxième exemple est fourni par le commentaire de Jacques sur sa mort éventuelle par pendaison. Il refuse de l'admettre parce que, dit-il, « j'ai beau revenir sur le passé, je n'y vois rien à démêler avec la justice des hommes. Je n'ai ni tué, ni volé, ni violé » (p. 93-94). En réagissant de la sorte, Jacques cherche une cause (un crime passible de pendaison) dont l'exécution capitale serait la conséquence logique. C'est de nouveau du déterminisme dont il est question ici, non du fatalisme – qui exclut toute connaissance précise de la cause.

3. La longue conversation de Jacques et de son maître sur la liberté fournit une troisième preuve de la confusion des deux notions (p. 305 à 307). Le maître soutient qu'il est libre parce qu'il sent qu'il pense, et il croit qu'il veut quelque chose quand il décide de le vouloir. Jacques lui fait alors cette objection : pourquoi, malgré les déceptions sentimentales qu'il a éprouvées en courtisant Agathe et malgré son désir de rompre avec la jeune fille, a-t-il toujours continué à l'aimer ? C'est pour Jacques la preuve qu'il ne suffit pas de vouloir pour être libre. Il affirme ainsi la détermination de l'homme qui n'agit jamais sans motif (connu ou inconnu de lui). La volonté, comme tout le reste, a besoin d'une cause qui la détermine[1]. Or, dans l'objection que fait Jacques à son maître, cette cause est à rechercher dans l'empire de la passion amoureuse (difficulté d'oublier Agathe). Il est inutile d'invoquer les lignes tracées à l'avance du « grand rouleau ».

1. C'est pour cette raison que Diderot rejette l'idée d'un Dieu créateur : pour créer, il faut avoir un motif puissant qui fait que l'on ne peut pas ne pas créer. Ce motif supprime dès lors la liberté. Or il est impossible de concevoir un Dieu tout-puissant qui ne serait pas libre.

Les termes de *fatalisme/fataliste* sont donc mal choisis. Philosophiquement, ils s'avèrent impropres, car, comme nous l'avons vu (p. 46), ils définissent une croyance religieuse, et Jacques n'est pas croyant. De plus, dans le déroulement de l'œuvre, le mot rend mal compte des différentes attitudes de Jacques. Si, à travers son personnage, Diderot n'use pas des termes *déterminisme* ou *déterministe,* c'est en définitive pour deux raisons : l'une relève de la linguistique, l'autre du champ romanesque et littéraire. D'une part, en effet, le mot *déterminisme* n'apparaît dans la langue française qu'en 1793, soit neuf ans après la mort de Diderot. D'autre part, celui-ci écrit un roman, non un traité philosophique. Le fatalisme donne à Jacques sa cohérence psychologique : c'est celui de l'homme du peuple qui ne s'embarrasse pas de distinctions subtiles. L'intérêt du lecteur se trouve par la même occasion en permanence entretenu. Le fatalisme, qui fait de l'homme le jouet d'un destin inconnu, dramatise les événements. La notion devient presque un personnage, même si c'est au détriment de la rigueur philosophique et scientifique.

5 Une philosophie de la vie

Le fatalisme de Jacques, si ambigu soit-il, ne se limite pas au domaine des idées et de la spéculation intellectuelle : ses conséquences sont au contraire fort pratiques. Tout système philosophique implique en effet une réflexion sur l'homme, ce qu'il est, ce qu'il doit ou ne doit pas faire. La doctrine de Jacques n'échappe pas à cette règle : elle appelle une certaine vision du monde, elle définit une morale et elle prône une manière de vivre.

UNE VISION MATÉRIALISTE DU MONDE

Comme Diderot, Jacques ne croit pas en l'existence d'un Dieu qui aurait créé l'univers. Il ne croit pas davantage en la dualité de l'âme (de l'esprit) et du corps : « La distinction d'un monde physique et d'un monde moral lui semblait vide de sens » (p. 218). Tout est, tout reste matière. Mais, selon les formes qu'elle revêt, la matière possède des propriétés différentes. À l'état minéral, elle demeure dénuée de sensibilité. Jacques cite l'exemple suivant : une pierre blesse un chien ; sous l'effet de la douleur, le chien réagit en la mordant ; la pierre n'en est pas pour autant affectée : elle ne souffre pas de la morsure et elle ne décide pas de changer de comportement. En revanche, à l'état végétal, à l'état animal et, *a fortiori,* à l'état humain, la matière s'avère sensible. À mesure que l'on s'élève dans l'échelle des êtres, plus grande est sa complexité et plus vive est sa sensibilité. Les hurlements, presque humains, de la chienne de l'aubergiste martyrisée par des passants en témoignent (p. 126-127).

Si tout est matière, d'où viennent dès lors la pensée et les idées, qui sont par nature impalpables et non mesurables ? Jacques rejette la théorie des idées innées qui, selon Descartes[1], découlent d'un principe spirituel (Dieu) auteur de notre être pensant. Pour Jacques, les idées naissent toujours de la sensation, des informations que les sens nous transmettent. Tant que son maître ne souffre pas personnellement du genou, il ne peut comprendre la douleur de son valet atteint d'une balle au genou. Aussitôt qu'il en souffre après être tombé de cheval, il admet que c'est « une des plus cruelles » blessures qui soient : il lui a donc fallu éprouver cette douleur particulière pour s'en faire une idée (p. 51). La sensation est donc à l'origine des idées.

On peut évidemment objecter que chacun de nous élabore des idées qui ne correspondent pas à des sensations intimement vécues. Le maître de Jacques reconnaît ainsi qu'accoucher cause de grandes douleurs. Comment le sait-il puisqu'il n'a jamais accouché et qu'il prétend par ailleurs que toute connaissance vient des sensations ? C'est qu'un second facteur joue dans la formation de la pensée. Il s'agit de l'expérience d'autrui qui se transforme en savoir collectif et qui permet d'intégrer à ses propres connaissances ce que d'autres ont éprouvé. Mais à la source de ce savoir indirect, transmis, correspond encore une sensation.

Jacques et avec lui Diderot se rangent ainsi dans le camp des sensualistes[2], ceux qui considèrent que les opérations mentales, même les plus complexes, ne se fondent que sur la succession et l'addition des sensations.

DÉTERMINISME ET LIBERTÉ

Si, d'une part, comme nous l'avons vu dans le chapitre précédent, l'homme est déterminé et si, d'autre part, tout repose sur un enchaî-

1. Selon Descartes (1596-1650), « l'âme est totalement distincte du corps ; la nature de cette âme est de penser ». Or cette âme étant d'origine divine, la faculté de penser précède donc l'acquisition d'un savoir : elle est innée.

2. *Sensualistes* : partisans du sensualisme, doctrine selon laquelle toutes les connaissances viennent des sensations. Au XVIIIe siècle, Condillac (1714-1780) en est le principal représentant.

nement mécaniste et purement matériel, que devient la liberté? Par liberté, il convient de comprendre non pas le fait d'aller et de venir à sa guise, mais la possibilité d'établir des choix, de décider lucidement de ses actes. La réponse ne peut être que nuancée, dans la mesure où il faut distinguer l'attitude de Jacques de la position de Diderot.

L'attitude de Jacques

Selon Jacques, qui est cohérent avec lui-même, il n'y a pas de liberté. Soumis au plus complet déterminisme et composé d'une matière obéissant aux lois intangibles de la physique, l'homme n'est pas plus libre qu'une boule qui suit la pente d'une montagne :

> [...] si l'enchaînement des causes et des effets qui forment la vie d'un homme depuis le premier instant de sa naissance jusqu'à son dernier soupir nous était connu, nous resterions convaincus qu'il n'a fait que ce qu'il était nécessaire de faire (p. 217).

La position de Diderot

Diderot paraît moins catégorique que Jacques. Prenant directement la parole, il écrit en effet : «Je l'ai plusieurs fois contredit, mais sans avantage et sans fruit» (p. 217). Pourquoi cette contradiction? Et en quoi peut-elle consister? Le roman ne le dit pas. Pour comprendre la position de Diderot, il faut se tourner vers ses autres œuvres. Ce détour est indispensable pour saisir la portée morale de *Jacques le Fataliste*.

Bien qu'il adhère au matérialisme, Diderot, comme s'il traversait une «crise de certitude», hésite à aller jusqu'au bout de son système : «J'enrage, note-t-il dans sa correspondance, d'être empêtré d'une diable de philosophie que mon esprit ne peut s'empêcher d'approuver et mon cœur de démentir.» Il écrit par ailleurs dans sa *Réfutation d'Helvétius*[1] : «Je suis homme, et il me faut des causes propres à l'homme», c'est-à-dire des causes que l'homme puisse

1. Dans cet ouvrage (1773), Diderot réfute certaines thèses matérialistes développées par le philosophe Helvétius (1715-1771).

comprendre ou qui dépendent de lui. Or le déterminisme, qui dénie toute liberté à l'individu, n'est sur ce point guère satisfaisant pour l'esprit. Mais, dans d'autres textes, Diderot en assume totalement les conséquences. Il affirme par exemple dans ses *Commentaires sur Hemsterhuis*[1] : « J'avoue que j'ai beau m'interroger sur moi-même, il m'est évidemment démontré, et par la raison et par l'expérience, que j'ai toujours été passif avant que d'être actif, effet avant que d'être cause[2] ».

Que conclure de cette contradiction ? Que *Jacques le Fataliste* ne livre pas au lecteur la pensée toute faite de son auteur. L'œuvre est au contraire une façon pour Diderot de dialoguer avec lui-même, de faire le point sur sa propre philosophie, de marquer ses hésitations, voire ses doutes, en prêtant à ses personnages des thèses que tantôt il partage et que tantôt il récuse en partie, au moins dans leurs conclusions les plus extrêmes. Roman philosophique, *Jacques le Fataliste* est le lieu ouvert d'un débat intellectuel.

DÉTERMINISME, RESPONSABILITÉ ET MORALE

La négation de la liberté soulève un problème considérable. Si l'homme n'est pas libre, comment peut-il opter pour le bien ou pour le mal ? Comment peut-il être tenu pour responsable de ses actes ?

Jacques estime que l'homme ne choisit pas son comportement et qu'il n'en est donc pas responsable : selon lui, on « s'achemin [e] nécessairement à la gloire ou à l'ignominie » (p. 217), et il y a simplement des êtres qui sont « heureusement nés » et d'autres qui sont « malheureusement nés » (p. 45). Les premiers sont bons par nature, comme les seconds sont méchants par nature.

Il n'existe plus dans ces conditions de bien et de mal absolus, de lois morales objectives, universelles et intemporelles. Vertus et vices

1. *François Hemsterhuis* : philosophe hollandais du XVIIIe siècle, surnommé le « Platon du Nord ». Diderot écrit *des Commentaires* sur son œuvre en 1774.
2. Jacques dit quelque chose de semblable : « Une cause n'a qu'un effet ; j'ai toujours été une cause une ; je n'ai donc jamais eu qu'un effet à produire ; ma durée n'est donc qu'une suite d'effets nécessaires » (p. 217-218).

deviennent des notions sujettes à variations selon les époques : « Chaque vertu et chaque vice se montre et passe de mode. La force du corps eut son temps, l'adresse aux exercices eut le sien. La bravoure est tantôt plus, tantôt moins considérée ; plus elle est commune, moins on en est vain, moins on en fait l'éloge » (p. 104).

Plusieurs épisodes du roman attestent par ailleurs que ce relativisme moral existe. Que penser de Gousse, cruel envers sa famille, mais tellement serviable envers ses amis qu'il est capable de voler pour leur rendre service[1] ? Est-il vertueux ou est-il méchant ? Quel jugement porter sur le bourreau, qui exerce un sinistre métier, mais qui recueille et soigne Jacques après sa chute de cheval[2] ? Insensible à la terreur des condamnés qu'il pend, il est par ailleurs d'une extrême douceur. Pour Jacques comme pour Diderot, il est impossible de le qualifier moralement.

Si l'on ne peut juger d'un acte en soi, peut-on espérer l'apprécier selon ses conséquences ? Pas davantage. Jacques fait l'aumône à une femme malheureuse. Voilà qui est charitable ; mais des brigands assistent à la scène, concluent qu'il est riche, le bastonnent peu après et le détroussent (p. 116-117). La charité de Jacques fut-elle bonne ou mauvaise ? « Le bien amène le mal, le mal amène le bien. Nous marchons dans la nuit au-dessous de ce qui est écrit là-haut, également insensés dans nos souhaits, dans notre joie et dans notre affection » (p. 119). Comment, dans ces conditions, établir une échelle de valeurs ? et sur quoi la fonder ? La conduite de Mlle d'Aisnon[3] peut s'interpréter diversement. Le maître de Jacques juge scandaleux qu'elle cache au marquis des Arcis qu'elle est une prostituée afin de pouvoir l'épouser. Mais, réplique Diderot, « peut-on la blâmer de son horrible aversion pour un état infâme ? » (p. 198).

Quant à Mme de La Pommeraye qui se sert de Mlle d'Aisnon pour punir son ancien amant, sa vengeance est certes atroce, « mais elle n'est souillée d'aucun motif d'intérêt » matériel (p. 198). En outre,

1. Dans le roman, p. 99 à 101 ; voir aussi le résumé de la 4e journée, p. 25.
2. Dans le roman, p. 105 ; voir aussi le résumé de la 5e journée, p. 26.
3. Dans le roman, voir l'« histoire de Mme de La Pommeraye », p. 144 à 197 ; voir aussi le résumé de la 6e journée, p. 31.

cette femme qui s'avance en âge « touch [e] au moment où la perte d'un amant ne se répare plus. Tel était son caractère, que cet événement [l'infidélité du marquis] la condamnait à l'ennui et à la solitude. Un homme en poignarde un autre pour un geste, pour un démenti ; et il ne sera pas permis à une honnête femme perdue, déshonorée, trahie, de jeter le traître entre les bras d'une courtisane ? » (p. 199). Où est le bien ? Où est le mal ? On ne peut plus philosophiquement les définir.

UNE MORALE UTILITARISTE

Toute société a pourtant besoin, pour s'organiser et pour se maintenir, d'un code moral, ne serait-ce que pour condamner les délits et les crimes. Aussi, ce que la société considère comme juste ou injuste, comme bien ou mal, ne repose-t-il pas sur des critères philosophiques abstraits, mais sur une évaluation concrète de ce qui porte tort ou non à la collectivité. « Animal social », l'homme se définit dans la pratique par rapport à autrui ; et cette relation à autrui permet de préciser si un acte est juste ou injuste, légal ou illégal, moral ou immoral. Toute morale équivaut en conséquence à un dressage : « L'homme injuste est modifié par le bâton » (p. 218). Selon Jacques, « la récompense [est] l'encouragement des bons ; le châtiment, l'effroi des méchants. Qu'est-ce autre chose, disait-il, s'il n'y a point de liberté, et que notre destinée soit écrite là-haut ? » (p. 217). La morale ne possède pas d'autre justification que son utilité dans la construction d'une société. Elle est utilitariste, c'est-à-dire régie par une fonction pratique.

Tous les problèmes ne disparaissent pas pour autant. La crainte du châtiment peut certes avoir une valeur dissuasive. Elle peut aussi conduire au pire, à commettre un délit plus grave encore que celui perpétré initialement. Les brigands qui dévalisent Jacques constatent avec dépit que leur victime n'est pas fortunée : « Dans la rage de voir leur espérance trompée et de s'être exposés à avoir les os brisés sur un échafaud, pour une poignée de sous-marqués[1], si je les

1. *Sous-marqués* : la menue monnaie.

dénonçais, s'ils étaient pris et que je les reconnusse, ils balancèrent [= hésitèrent] un moment s'ils ne m'assassineraient pas» (p. 117). Un secours inespéré sauve Jacques de la mort. La morale utilitariste rencontre ici ses limites, puisque la peur d'être punis pour vol pousse les brigands à s'interroger sur la question de savoir s'ils ne vont pas tuer pas leur victime. Celle-ci ne pourra alors plus les dénoncer.

UNE LEÇON DE VIE

Si *Jacques le Fataliste* véhicule un relativisme moral[1], il renferme aussi des leçons de sagesse. Anticonformiste, cette sagesse est un appel à l'action, à être soi-même, à la grandeur d'âme, et se présente comme la conquête d'un équilibre.

Une sagesse anticonformiste

Le relativisme moral a pour conséquence le rejet des convenances sociales, soit parce qu'elles étouffent la personnalité, soit parce qu'elles la pervertissent par le biais de l'éducation ou des contraintes religieuses, politiques ou financières. Diderot éprouve une sympathie manifeste pour ceux qu'il nomme les «originaux», c'est-à-dire ceux qui ne se comportent pas selon des règles établies : Gousse est «un original sans principes» (p. 102), qui est au centre de deux «histoires[2]»; le capitaine de Jacques[3] est un homme sortant de l'ordinaire (p. 99); M. Le Pelletier[4] l'est tout autant. La plupart des personnages dont la vie nous est racontée sont des êtres qui n'agissent pas selon les codes sociaux en usage. La condamnation du conformisme provient d'un double constat, fondé sur l'observation de la nature. En premier lieu, l'inconstance est une loi du monde, comme le montre la fable de la Gaine et du Coutelet[5]. Il est donc inutile et

---

1. Le relativisme moral signifie qu'en matière de morale rien n'est figé ni absolu, que les notions de bien et de mal évoluent comme le reste.
2. Dans le roman, p. 99 à 101 et p. 120 à 122; voir aussi le résumé des 4e et des 5e journées, p. 19 à p. 27.
3. Dans le roman, p. 97 à 99; voir ci-dessus p. 23.
4. Dans le roman, p. 90 à 92; voir ci-dessus p. 22.
5. «Coutelet, ne voyais-tu pas que Dieu te fit pour aller à plusieurs Gaines; et toi, Gaine, pour recevoir plus d'un Coutelet?» (p. 152).

vain de vouloir figer les règles sociales et morales. En second lieu, « la nature est si variée, surtout dans les instincts et les caractères, qu'il n'y a rien de si bizarre dans l'imagination d'un poète dont l'expérience et l'observation ne vous offrissent le modèle dans la nature » (p. 99).

Un appel à l'action

Le rejet des conventions laisse l'homme libre d'agir à sa guise, selon les mouvements spontanés de son cœur. Il n'y a là nulle contradiction avec le thème du fatalisme. Si ce qui est écrit sur le « grand rouleau » condamne à ne faire que ce qui est prévu, du moins appartient-il à l'homme de choisir la voie par laquelle il parviendra au résultat que lui réserve la destinée. Il était peut-être fatal que le marquis épousât Mlle d'Aisnon, ancienne prostituée, mais il ne l'était pas que Mme de La Pommeraye l'y conduise par une vengeance si raffinée. Il était peut-être écrit que le bourreau exerçât son sinistre métier, mais il ne l'était pas qu'il fût honnête, affable et serviable. Même si l'homme subit sa destinée, il lui reste ainsi la possibilité d'écouter les inclinations de son cœur. Bien qu'il soit fataliste, c'est-à-dire convaincu qu'il ne peut empêcher que les choses n'arrivent, Jacques ne cesse d'aider ceux qu'il rencontre.

Un appel à être soi-même

Aussi convient-il de ne pas contredire son tempérament (sauf si celui-ci est méchant, voir p. 58), de suivre la pente de son caractère, de retrouver l'être que les conventions ont masqué ou déformé, car « la nature n'a rien fait d'inutile et de superflu » (p. 304). Chacun cherche le bonheur, mais personne n'a la même conception du bonheur. Celle de Jacques est de parler, de servir son maître et de vivre avec Denise ; celle de son capitaine est de haïr et d'aimer son ami officier[1] ; celle de Mlle d'Aisnon est de fuir sa misérable condition de prostituée : « Je me connais, et une justice que je me rends, c'est que par mes goûts, par mes sentiments, par mon caractère, j'étais née

1. Voir dans le roman, p. 97 à 99, et ci-dessus, p. 23.

digne de l'honneur de vous appartenir» (p. 194), dit-elle au marquis des Arcis. Le bonheur ne peut être qu'individuel. Être heureux passe donc d'abord par le fait d'être soi-même.

L'admiration devant les êtres énergiques

Être soi ne signifie pas pour autant se résigner à la médiocrité ou à l'égoïsme. Diderot professe au contraire une admiration sans limites pour ceux qui ressentent des passions fortes et qui sont capables de démesure. La fascination qu'il éprouve pour Mme de La Pommeraye (dont il prend en personne la défense) provient de ce que cette femme va jusqu'au bout de sa vengeance :

> Quoi ! si cette femme en avait fait autant, pour obtenir à un mari la récompense de ses services ; si elle s'était prostituée à un ministre [...], cela vous paraîtrait tout simple, l'usage serait pour vous ; et lorsqu'elle se venge d'une perfidie, vous vous révoltez contre elle au lieu de voir que son ressentiment ne vous indigne que parce que vous êtes incapable d'en éprouver un aussi profond, ou que vous ne faites presque aucun cas de la vertu des femmes» (p. 198-199).

Le seigneur Desglands en apporte une autre preuve. Se découvrant un rival auprès d'une belle veuve, il décide de porter une mouche[1] sur la joue, tant que son rival vivra. Il le blesse dans un premier duel : le rival guérit. Nouveau duel, nouvelle blessure du rival, et, «ainsi cinq à six fois de suite» (p. 303). À chaque fois, Desglands rétrécit la surface de sa mouche, qu'il enlève définitivement à la mort de son rival (p. 301 à 303). Desglands, comme Mme de La Pommeraye, est un être fort, donc digne d'estime.

Une morale de l'équilibre

Tous les personnages du roman ne ressemblent évidemment pas à ces êtres qui vont jusqu'au bout de leurs passions. Les paysans, l'hôtesse sont vertueux d'instinct, et ils observent une morale plus traditionnelle. Par là, ils prouvent qu'il est possible de fonder une morale sociale plus ordinaire, plus humble.

1. *Mouche* : petit morceau de taffetas noir que les femmes aimaient à mettre sur leur joue pour faire ressortir la blancheur de leur peau.

Jacques le Fataliste oscille ainsi entre la fascination éprouvée devant les êtres énergiques et l'éloge de la simplicité des mœurs. Par là même une forme de sagesse s'y élabore, qui se présente comme la recherche, toujours inachevée, d'un équilibre entre la raison qui opte pour le bien social et le cœur qui adhère aux grands élans anticonformistes de la passion. C'est en définitive une manière de rappeler la relativité du jugement moral et l'impuissance de l'homme à décider du bien et du mal.

6 Un antiroman

Diderot soutient à plusieurs reprises qu'il n'écrit pas un roman (p. 47 et 74 par exemple). Si tel est le cas, qu'est-ce donc que *Jacques le Fataliste* ? et quelles sont les intentions de Diderot ? La réponse à ces questions permettra de saisir une bonne part de l'originalité de l'œuvre.

Le roman n'est pas né au XVIIIe siècle. Il existe depuis le Moyen Âge et a connu au XVIIe siècle une vogue exceptionnelle, même si on ne lit plus guère de nos jours *L'Astrée*[1] d'Honoré d'Urfé. Progressivement, des théories se sont élaborées et des techniques d'écriture se sont instaurées. C'est contre ce poids et ce carcan du passé que Diderot réagit. *Jacques le Fataliste* n'est pas un roman dans la mesure où, d'abord, il constitue une critique du genre romanesque en général ; dans la mesure où, ensuite, il parodie[2] les techniques les plus courantes du roman et où, enfin, il brise une certaine illusion romanesque. En ce sens, *Jacques le Fataliste* est un antiroman.

UNE CRITIQUE DU GENRE ROMANESQUE

Diderot adresse quatre reproches au roman et aux romanciers :

– l'omniscience de l'auteur qui sait toujours tout de ses personnages, agit comme s'il était Dieu, ce qui est invraisemblable ;

– l'étude psychologique, trop privilégiée, finit par faire faussement croire au lecteur que tous les actes d'un homme, tous les mobiles du comportement humain peuvent être compris ;

---

1. *L'Astrée* (1607-1628) exprime une conception vertueuse et noble de l'amour qui contribua à fixer l'idéal moral du XVIIe siècle ; ce fut un énorme succès.

2. *Parodie* : imitation volontairement ridicule.

– l'intrigue romanesque, complète et rigoureuse, n'a pas d'équivalent dans l'existence ordinaire ;
– les événements relatés sont parfois à la limite du crédible.

Diderot refuse un tel protocole romanesque.

Le refus du romancier omniscient

Dans un roman traditionnel, l'auteur se cache derrière ses personnages, dont il révèle les pensées les plus secrètes. Il se comporte en romancier omniscient ou démiurge[1]. Mais ce statut renferme une contradiction radicale. D'un côté, la discrétion de l'auteur peut apparaître comme un gage d'authenticité : le lecteur, oubliant l'auteur, oublie qu'il est en train de lire une œuvre de fiction, totalement inventée. D'un autre côté, cependant, la révélation des pensées des personnages montre que tout relève de l'invention du romancier. Dans la vie réelle, en effet, nul ne connaît exactement les pensées d'autrui.

Diderot refuse le statut de romancier démiurge en raison même de cette ambiguïté. Il choisit de se présenter non comme l'auteur, mais comme le témoin de la conversation de Jacques et de son maître, qu'il se contente de rapporter par écrit. Aussi prétend-il ne pas en savoir davantage que ce que disent ses deux héros. Par exemple, Diderot feint d'ignorer d'où ils viennent, où ils vont et ce qu'ils ont fait (p. 35). Quant aux amours de Jacques, « il n'y a que Jacques qui les sache » (p. 264). Diderot se place sur le même plan que son lecteur, impatient de connaître la vie sentimentale du valet : « Croyez-vous que je n'en sois pas aussi curieux que vous ? » (p. 216). Ailleurs encore, il regrette la discontinuité de l'information : « Il y a ici une lacune vraiment déplorable dans la conversation de Jacques et de son maître » (p. 265). Souvent, il proclame sa sincérité et son objectivité : « Vous allez prendre l'histoire du capitaine de Jacques pour un conte, et vous aurez tort. Je vous proteste que telle qu'il l'a racontée à son maître, tel fut le récit que j'en avais entendu faire » (p. 99).

1. *Démiurge* : créateur qui se comporte comme Dieu, donc qui sait tout.

Ces remarques réitérées dépouillent Diderot du faux prestige de l'omniscience pour lui conférer le rôle, plus modeste mais plus vrai, de témoin et de commentateur.

Le refus de la psychologie

Contrairement à ses prédécesseurs et, parfois, à ses successeurs, Diderot n'approfondit pas la psychologie de ses personnages. Il s'inscrit ainsi contre la tradition du roman d'analyse, représenté par *La Princesse de Clèves* de Mme de La Fayette (1678) ou *Manon Lescaut* de l'abbé Prévost (1731). À l'analyse d'un caractère, d'une passion, Diderot préfère laisser parler les faits, dépeindre les gestes. Au lecteur d'en déduire ce que les personnages sont réellement. « Un mot, un geste m'en ont quelquefois plus appris que le bavardage de toute une ville » (p. 301). Il suffit d'être vrai.

Le refus de l'intrigue

Depuis l'origine, le roman s'est complu à raconter une histoire dans laquelle les événements s'enchaînent logiquement pour aboutir à un dénouement. Le lecteur, informé des causes, comprend les effets. Or rien de tel ne se produit dans l'existence. C'est pourquoi il n'y a pas véritablement d'intrigue dans *Jacques le Fataliste.* Bien que Jacques croit au fatalisme, il ignore les arrêts du « grand rouleau ». Ne connaissant pas les causes, il ne peut dire quels sont les effets. La difficulté de résumer l'œuvre, l'impossibilité d'en définir le sujet exact[1] illustrent concrètement le rejet de l'intrigue.

Le refus du romanesque

Même si les romans étaient lus avec passion, ils souffraient depuis longtemps d'un manque de crédibilité. Trop souvent, ils campaient des héros exceptionnels dont les exploits frisaient l'extraordinaire. Ainsi Voltaire considérait-il qu'un roman était « la production d'un esprit faible, décrivant avec facilité des choses indignes d'être lues par un esprit sérieux[2] ». À quoi Diderot semble faire écho dans son

1. Voir chapitre 1, « La structure du roman », p. 44-50.
2. *Correspondance.*

Éloge de Richardson[1] : « Par un roman, on a entendu jusqu'à ce jour un tissu d'événements chimériques et frivoles. » L'adjectif *romanesque* conserve, aujourd'hui encore, la trace de ce discrédit : est romanesque tout ce qui relève de l'invraisemblance, de l'incroyable. Diderot choisit au contraire des personnages qui n'ont rien d'héroïque. Deux hommes voyagent, parlent de leurs amours qui n'offrent rien d'exaltant. Quoi de plus banal ? Avant de parler de réalisme, il convient de voir dans cette simplicité volontaire une condamnation de l'extravagant, du merveilleux, du romanesque.

UNE PARODIE DU ROMANESQUE

Diderot ne se limite pas à contester les principes généraux du roman. Il en parodie aussi les procédés les plus connus, c'est-à-dire qu'il met ironiquement en évidence des types d'écriture, des formes particulières du roman, pour mieux les caricaturer.

La parodie du roman d'aventures

Depuis le *Roman de Renart*, au Moyen Âge, jusqu'aux romans du XVIIe siècle – et à ceux d'aujourd'hui encore –, le roman a toujours aimé raconter des aventures. Diderot s'amuse de cette catégorie d'œuvres. Il imagine ce qu'il pourrait faire s'il choisissait de multiplier les voyages et les coups de théâtre :

> Qu'est-ce qui m'empêcherait de marier le maître et de le faire cocu ? d'embarquer Jacques pour les îles ? d'y conduire son maître ? de les ramener tous les deux en France sur le même vaisseau ? (p. 37).

Et Diderot de commenter : « Qu'il est facile de faire des contes ! » Jacques et son maître croisent une troupe armée. La rencontre pourrait dégénérer en bataille rangée, provoquer des conséquences rocambolesques :

> Vous allez croire que cette petite armée tombera sur Jacques et son maître, qu'il y aura une action sanglante, des coups de bâton don-

1. Samuel Richardson (1689-1761) : romancier anglais que Diderot appréciait beaucoup, d'où l'*Éloge* qu'il en fit en 1762.

> nés, des coups de pistolet tirés ; et il ne tiendrait qu'à moi que tout cela n'arrivât ; mais adieu la vérité de l'histoire, adieu le récit des amours de Jacques (p. 46-47).

La piste du roman d'aventures est suggérée : mais à peine est-elle indiquée, qu'elle tourne court.

Les incidents de voyage contrefont également en les ridiculisant les thèmes du roman d'aventures. L'épisode des brigands de l'auberge (p. 37-43), des malfaiteurs déguisés en prêtres (p. 88-90), l'évocation de la troupe de Mandrin (p. 316-324), le duel entre le maître et le chevalier de Saint-Ouin font penser aux romans de cape et d'épée. À chaque fois, Diderot se refuse à exploiter plus avant ces situations, comme s'il ne les mentionnait que pour s'en moquer. C'est pourquoi, encore, il compare plaisamment Jacques et son maître aux personnages de Cervantès[1], Don Quichotte et son valet Sancho Pança, ou à ceux du *Roland furieux* de l'Arioste, l'un des textes héroïques les plus célèbres du XVIe siècle[2].

La parodie du roman d'amour

À l'exemple de *L'Astrée* d'Honoré d'Urfé, ou du *Grand Cyrus* de Mlle de Scudéry, bible de la préciosité, le roman n'existait pas sans une belle et noble histoire d'amour. Le héros, doué de toutes les qualités, s'éprenait d'une femme d'une beauté exceptionnelle et devait surmonter de nombreux obstacles pour conquérir sa main. L'amour était chaste, pur, vertueux. Le roman précieux (ainsi appelé parce que l'amour y était considéré comme un sentiment élevé, qui donnait du *prix*, de la valeur morale aux amants) s'était fait une spécialité de ce type d'histoire.

Or, *Jacques le Fataliste* apparaît bien comme un roman d'amour. Le récit des amours de Jacques en forme la trame toujours interrompue et toujours reprise jusqu'au dénouement. Mais cet amour n'a

1. Miguel de Cervantès (1547-1616) : écrivain espagnol surtout connu pour son roman *Don Quichotte* (1605-1615), dont le personnage central, noble mais ridicule, parcourt l'Espagne.
2. L'Arioste (1474-1533) est un poète italien. Le *Roland furieux* (1532), son œuvre principale, est une synthèse comique du récit chevaleresque et du roman d'aventures.

rien d'élevé ni de sublime. Ni Jacques ni Denise ne sont des héros parfaits. Ni l'un ni l'autre n'en sont à leur première expérience sentimentale : Jacques a depuis longtemps perdu son pucelage (p. 251-257) ; son maître et le seigneur Desglands ont courtisé Denise – en vain, il est vrai. Contrairement aux lois du genre, le roman ne s'achève pas sur une vision idyllique. Si c'est écrit sur le « grand rouleau », Jacques sera peut-être « cocu » (p. 330). Et que dire des amours du maître ? Trompé par son ami, joué par Agathe, il est obligé d'endosser la paternité d'un enfant qui n'est pas de lui (p. 266-315). Quant au marquis des Arcis, il s'éprend d'une prostituée. *Jacques le Fataliste* renferme bien plusieurs histoires d'amour ; mais aucune n'est vraiment ni exaltante ni émouvante.

La parodie du roman historique

Dans leur désir de vraisemblance, les romans demandaient parfois à l'Histoire une caution d'authenticité. Là encore, Diderot s'amuse. Plus il multiplie les dates ou les allusions à son époque, plus il brouille la chronologie, plus il égare son lecteur. Ainsi, le texte est bien daté : le voyage se déroule en 1765 ; il y est question de la mort de Madame l'Infante[1] en 1759, de la blessure du maréchal de Castries en 1762 (p. 49). Mais ces références temporelles n'éclairent guère la chronologie de l'œuvre. Jacques a quitté son capitaine après la bataille de Fontenoy, en 1745. Comment, dans ces conditions, a-t-il pu lui parler lors du combat de Berg-op-Zoom (p. 46) qui s'est déroulé en 1747, et du siège de Port-Mahon (p. 46) de 1756 ? Le marquis des Arcis épouse Mlle d'Aisnon en 1762, mais l'histoire du Mme de La Pommeraye mentionne le médecin genevois Tronchin (p. 146) qui ne s'installa à Paris qu'après 1766. Comment croire à une telle chronologie ?

1. *Infant(e)* : titre donné aux aînés (garçon ou fille) du roi d'Espagne.

7 Un roman nouveau

Jacques le Fataliste n'est pas seulement une critique du roman traditionnel. En l'écrivant, Diderot tente de réinventer le genre, de l'engager sur des voies résolument nouvelles : dans sa forme d'abord, qui devient ouverte et multiple; dans son désir, ensuite, d'établir une correspondance entre la forme et le fond; dans sa volonté, enfin, de soumettre son œuvre au principe général de la mobilité. Ces exigences font que *Jacques le Fataliste* apparaît comme une œuvre à part, presque moderne.

UNE FORME NOUVELLE

Jacques le Fataliste n'appartient à aucun genre littéraire précis parce qu'il en embrasse plusieurs. Est-ce un roman? L'œuvre en possède la longueur et l'apparence : roman de la route, il narre les mésaventures présentes et passées de deux voyageurs. La parodie des procédés romanesques[1] interdit toutefois de le ranger complètement dans cette catégorie. Est-ce un conte, genre très en vogue au XVIIIe siècle? Mais *Jacques le Fataliste* n'est ni un conte philosophique, ni un récit merveilleux à la manière d'un conte de fées, ni un conte «plaisant», comme on disait à l'époque[2] : la peinture des conditions sociales y est trop réaliste.

Tantôt Diderot insère dans son œuvre une fable[3], tantôt il y glisse une anecdote personnelle[4]. L'histoire de Mme de La Pommeraye et

1. Voir ci-dessus, p. 88.
2. Au XVIIIe siècle, on définit traditionnellement le conte «plaisant» comme un récit qui, se moquant de la vérité, ne songe qu'à divertir son lecteur.
3. Voir dans le roman la fable d'Ésope, p. 83-84; voir aussi ci-dessus Résumé et repères pour la lecture, p. 22.
4. Voir dans le roman l'histoire du poète de Pondichéry, p. 72-73; voir aussi ci-dessus Résumé et repères pour la lecture, p. 19.

du marquis constitue une nouvelle[1] indépendante du reste du récit. Certaines pages sont de véritables scènes de théâtre : la dispute de Jacques et de son maître (p. 207) pourrait figurer dans une comédie de Molière. Avec Diderot, le roman accueille toutes les formes, tous les types d'écriture. Il cesse d'être un simple récit en prose, centré sur une intrigue, sur une étude des passions et des caractères.

UNE FORME QUI A UN SENS

Déroutante, la structure de *Jacques le Fataliste* n'en obéit pas moins à une intention précise. « Mais, pour Dieu, lecteur, vous répondrai-je, est-ce qu'on sait où l'on va ? Et vous, où allez-vous ? » (p. 83), interroge Diderot. Où va le voyage ? Où va le récit ? C'est la même question. Le vocabulaire du voyage, de la route, du chemin, de l'égarement, est doublement symbolique. D'une part, il figure l'incompréhension que l'homme a de son destin : l'homme ignore où la destinée le mène, mais il s'y précipite. Jouet d'une fatalité injustifiable, l'être humain se trouve comme soumis au hasard. D'autre part, le hasard trouve son correspondant dans la volonté du romancier de mener les événements à sa guise, dans l'acte même d'écrire. En effet, l'arbitraire de l'écrivain n'est pas moins grand que celui de l'auteur du « grand rouleau ». L'écriture romanesque, soumise à l'invention du romancier, illustre ainsi le thème philosophique de la condition humaine livrée à un caprice aveugle, et le thème de la liberté du créateur. En donnant un sens et une fonction à la forme, Diderot inaugure une réflexion moderne non plus sur le contenu mais sur la manière de concevoir l'organisation d'un livre et sur la façon de l'écrire.

UNE FORME EN MOUVEMENT

En fait, la question essentielle pour Diderot est de déterminer à quelle esthétique doit se plier un récit. Par esthétique, il faut comprendre l'idéal artistique qu'un créateur se propose d'atteindre dans

1. *Nouvelle* : récit bref, généralement dramatique.

son œuvre. Or Diderot va d'instinct vers tout ce qui bouge et se transforme. C'est pourquoi il condamne les portraits (p. 301) dont le roman avait longtemps usé et abusé : ils ne peuvent être que fixes comme des poses photographiques. Diderot préfère les instantanés. Ce goût de la mobilité, de la diversité, se retrouve dans la structure même du livre : tout change constamment. Non seulement les événements se succèdent les uns aux autres à une cadence accélérée, mais les genres littéraires eux-mêmes (la fable, le conte, le théâtre, le roman) ajoutent leurs formes respectives les unes aux autres. Diderot travaille ainsi autant sur ce qu'il dit que sur la manière dont il le dit. Et cette manière est à l'image même de la vie : colorée, imprévisible, multiforme.

8 Argumenter, réfuter, persuader

Vaste roman-conversation, *Jacques le Fataliste* est un lieu de débat : entre Jacques et son maître, entre Diderot et son lecteur, entre les narrateurs et les auditeurs des histoires secondaires[1]. Sur le bien ou le mal, la liberté et la fatalité, la vérité ou la justice... chacun expose ses opinions et tente d'amener l'autre à ses vues.

Sur ces questions qui font appel autant à la subjectivité qu'aux convictions raisonnées, l'argumentation l'emporte souvent sur la démonstration. Démontrer relève en effet de la rationalité pure : c'est partir d'une vérité universellement admise pour aboutir, par déduction, à une conclusion inattaquable. Quand la vérité n'est pas rationnellement démontrable, on recourt à l'argumentation. Il s'agit alors d'obtenir l'adhésion d'autrui par tous les moyens : rhétoriques, affectifs ou faisant appel à l'expérience collective et individuelle.

L'ART DE RÉFUTER

Par la prise en compte de l'interlocuteur et de la situation d'énonciation

Dans ses nombreuses interventions personnelles, Diderot tient compte des réactions (supposées) de son lecteur :

> – Vous allez dire que je m'amuse... (p. 57) ;
> – Vous allez prendre l'histoire du capitaine de Jacques pour un conte et vous aurez tort (p. 99);
> – Vous entrez en fureur au nom de Mme de La Pommeraye... (p. 198).

1. Comme, par exemple, l'hôtesse aubergiste racontant à Jacques et à son maître l'histoire du marquis des Arcis et de Mme de La Pommeraye; sur ces histoires secondaires ou annexes, voir le chapitre 1, p. 47-48.

Le maître de Jacques se comporte parfois de la même manière envers son valet. Jacques pleure la mort de son capitaine. Son maître cherche à le consoler, mais d'une façon *a priori* étonnante : il comprend, dit-il, qu'un amant puisse regretter la perte de la femme aimée. Quel est le rapport avec la disparition de son capitaine? se demande Jacques. Et son maître de lui expliquer :

> Si je vous avais entretenu de l'objet de votre douleur, qu'en serait-il arrivé? Que vous eussiez pleuré bien davantage [...]. Je vous ai donné le change [...]. À présent convenez que la pensée de votre capitaine est aussi loin de vous que le char funèbre qui le mène à son dernier domicile (p. 86).

Et Jacques est bien obligé de l'admettre.

Comme Diderot, le maître a considéré la situation d'énonciation. Réfuter, ce n'est dans un premier temps ni contester, ni nier; c'est d'abord analyser et écouter la parole de l'autre.

Par la conviction et l'observation

Diderot veut par exemple convaincre ses lecteurs réticents de l'authenticité de l'histoire du capitaine de Jacques. Pour y parvenir :
– il cite ses sources et témoigne de sa bonne foi : cette histoire, il l'a bien entendue de témoins dignes de confiance, chez « Monsieur de Saint-Étienne » (p. 99);
– il disserte ensuite sur la notion d'extraordinaire : par définition, l'extraordinaire est rare mais il n'est pas pour autant invraisemblable; il est donc possible;
– pour preuve, il en appelle à une observation que tout un chacun peut faire :

> La nature est si variée, surtout dans les instincts et les caractères, qu'il n'y a rien de si bizarre dans l'imagination d'un poète dont l'expérience et l'observation ne vous offrissent le modèle dans la nature (p. 99).

Crédibilité (au moins apparente) du témoin, précision des notions, objectivité du constat : le lecteur ne peut que se rendre aux raisons de Diderot.

Par le renversement des arguments contraires

Un long débat s'engage au sujet de Mme de La Pommeraye : que penser cette femme qui, pour punir son amant infidèle, ourdit une machination implacable, minutieuse et terrible[1] ? Est-elle « hypocrite », « scélérate » (p. 198), monstrueuse ?

Diderot cherche à convaincre le lecteur indigné qu'il a tort :

– en renversant l'accusation : la vengeance est certes « atroce » (p. 198) mais, dans cette affaire, Mme de La Pommeraye est plus victime que coupable : fortune, honneur, réputation, elle avait tout sacrifié à son amant ;

– en multipliant les circonstances atténuantes : « Elle touchait au moment où la perte d'un amant ne se répare plus » (p. 199). Cet amour était le seul et le dernier de sa vie ;

– en relativisant la monstruosité de la vengeance : « Un homme en poignarde un autre pour un geste, pour un démenti, et il ne sera pas permis à une honnête femme perdue, déshonorée, trahie, de jeter le traître dans les bras d'une courtisane ! » (p. 199). C'est un raisonnement *a fortiori ;*

– en faisant pour finir l'éloge de Mme de La Pommeraye, qui n'a jamais agi par bassesse, ni par intérêt matériel. À femme d'exception, vengeance d'exception.

LES MOYENS DE LA PERSUASION

La maïeutique

D'origine grecque, le mot *maïeutique* signifie étymologiquement l'« art de faire accoucher ». Il désigne la méthode socratique : par une série de questions, Socrate conduisait ses disciples à « accoucher » eux-mêmes des vérités enfouies dans leur esprit. C'est donc une méthode pédagogique qui consiste à faire découvrir une idée à autrui, par lui-même.

1. Voir ci-dessus p. 31.

Un exemple en est donné dans une conversation entre Jacques et son maître. Ce dernier défend l'idée qu'il est libre, parce qu'il le sait, qu'il le sent et qu'il le pense. Jacques finit par lui faire admettre par un jeu de questions-réponses que tout n'est pas si simple :

> JACQUES. Mon capitaine disait : « Oui, à présent que vous ne voulez rien ; mais veuillez vous précipiter de votre cheval ? »
> LE MAÎTRE. Eh bien ! je me précipiterai.
> JACQUES. Gaiement, sans répugnance, sans effort, comme lorsqu'il vous plaît d'en descendre à la porte d'une auberge ?
> LE MAÎTRE. Pas tout à fait ; mais qu'importe, pourvu que je me précipite, et que [je prouve] que je suis libre ?
> JACQUES. Mon capitaine disait : « Quoi ! vous ne voyez pas que sans ma contradiction il ne vous serait jamais venu en fantaisie de vous rompre le cou ? C'est donc moi qui vous prend par le pied, et qui vous jette hors de selle. Si votre chute prouve quelque chose, ce n'est donc pas que vous soyez libre, mais que vous êtes fou. » Mon capitaine disait encore que la jouissance d'une liberté qui pourrait s'exercer sans motif serait le vrai caractère d'un maniaque.
> LE MAÎTRE. Cela est trop fort pour moi ; mais, en dépit de ton capitaine et de toi, je croirai que je veux quand je veux.
> JACQUES. Mais si vous êtes et si vous avez toujours été le maître de vouloir, que ne voulez-vous à présent aimer une guenon ; et que n'avez-vous cessé d'aimer Agathe toutes les fois que vous l'avez voulu ? Mon maître, on passe les trois quarts de sa vie à vouloir, sans faire.
> LE MAÎTRE. Il est vrai (p. 306-307).

La démarche déductive

La déduction est l'opération de l'esprit par laquelle on tire une conclusion à partir d'une proposition préalablement posée. Jacques y recourt quand, répétant les dires de son capitaine, il déclare :

> Posez une cause, un effet s'ensuit ; d'une cause faible, un faible effet ; d'une cause momentanée, un effet d'un moment ; d'une cause intermittente, un effet intermittent ; d'une cause contrariée, un effet ralenti ; d'une cause cessante, en effet nul (p. 306).

Ailleurs (p. 36), Jacques recourt à l'image des « chaînons d'une gourmette » pour affirmer que tout se tient, comme les maillons d'une chaîne.

Si, sur le plan logique, ses propos sont inattaquables, sur le plan philosophique, il en va autrement : s'agit-il de fatalisme ou de déterminisme (voir chapitre 4, p. 72) ?

La démarche inductive

L'induction est l'opération inverse de la déduction : elle consiste à remonter du particulier au général, à partir d'un certain nombre de cas observés pour élaborer une loi ou un principe.

À la base de la satire, il y a souvent une démarche inductive. Par exemple, Diderot ne ménage guère le clergé (voir chapitre 3, p. 59) · le frère Ange est un tartuffe ; le confesseur de Mlle d'Aisnon et de sa mère est un entremetteur ; le père Hudson est un débauché. Mais leurs vices et défauts doivent-ils rejaillir sur l'ensemble du clergé ? Nullement, en bonne logique. Jacques et son maître opèrent pourtant une généralisation :

> LE MAÎTRE. Ah ! les moines ! les moines !
> JACQUES. Le meilleur ne vaut pas grand argent (p. 81).

C'est partir de cas individuels pour les étendre à une collectivité. La satire fonctionne souvent de cette façon implicite.

La démarche analogique

À deux reprises durant le voyage, le cheval de Jacques s'arrête au pied d'un gibet. Jacques en conçoit un sinistre pressentiment. En réalité, il monte l'ancien cheval d'un bourreau, qui avait donc l'habitude de conduire les condamnés sur les lieux de leur pendaison. Le maître n'est pas pour autant rassuré. À ses yeux, Jacques est « une espèce de philosophe » (p. 110). Or Socrate, qui était lui aussi philosophe, a été condamné à mort[1]. Jacques n'est-il pas promis à pareil destin tragique ? C'est procéder par comparaison.

Ces exemples et procédés montrent à quel point Diderot ne se contente pas de raconter, mais qu'il cherche presque à chaque instant à obtenir l'assentiment de son lecteur.

---

1. Voir ci-dessus, Résumé et repères pour la lecture, p. 29.

9 Langue et style

Dans *Jacques le Fataliste,* les phrases semblent couler d'elles-mêmes. Rien n'est pourtant plus difficile que de donner l'apparence du naturel. Diderot y parvient par l'emploi d'une écriture théâtrale, d'une langue expressive, par une variété de registres, qui font de lui un conteur exceptionnel.

UNE ÉCRITURE THÉÂTRALE

Ce long récit en prose emprunte au théâtre plusieurs de ses procédés : le dialogue, les didascalies et la pantomime[1].

Un roman-conversation

Qu'un roman renferme des dialogues n'étonne pas. Qu'il se présente presque exclusivement sous une forme dialoguée surprend davantage. Comme des personnages de théâtre, Jacques et son maître ne font que converser. La scène s'est agrandie aux dimensions des provinces qu'ils traversent, et l'action, au lieu de se dérouler dans les palais des tragédies ou dans les maisons bourgeoises des comédies, se passe sur les routes, dans les auberges. À quelques épisodes romanesques près, cette action consiste pour l'essentiel en des prises de parole. D'ailleurs, la présentation typographique du roman est identique à celle d'une pièce de théâtre : les noms des personnages sont reproduits avant chacun de leurs propos. Diderot n'a pas, à vrai dire, inventé cette technique du roman-conversation. Il l'a découverte chez les romanciers anglais[2]. Mais il la

1. *Pantomime* : gestes, mimiques.
2. Laurence Sterne (1713-1768) et Samuel Richardson (1689-1761) utilisaient le procédé de la conversation.

systématise. *Jacques le Fataliste* transforme l'écrit en un gigantesque oral.

L'avantage le plus immédiat est de conférer au roman la vivacité et la spontanéité de la parole. Comme dans toute conversation, le présent domine : dans les échanges de Jacques et de son maître, c'est un présent d'énonciation, contemporain de l'action elle-même; quand Jacques évoque sa jeunesse ou lorsque l'hôtesse raconte l'histoire de Mme de La Pommeraye, c'est un présent de narration qui actualise le passé. Dans les deux cas, le présent rend la lecture plus vivante, comme si le lecteur devenait l'invisible compagnon de Jacques et de son maître.

Parfois, le dialogue atteint une certaine complexité technique. Le croisement des répliques, dans la scène où Jacques et son maître écoutent l'hôtesse leur raconter l'histoire de Mme de La Pommeraye, donne au récit un accompagnement sonore qui traduit toute la vie de l'auberge. Voici un exemple de ce dialogue dans le dialogue :

> Mais cette femme avait été si malheureuse avec un premier mari, qu'elle… (Madame ? – Qu'est-ce ? – La clef du coffre à l'avoine ? – Voyez au clou, et si elle n'y est pas, voyez au coffre) qu'elle aurait mieux aimé s'exposer à toutes sortes de malheurs qu'au danger d'un second mariage[1].

Les didascalies

Si *Jacques le Fataliste* donne à entendre, il donne aussi à voir. Les gestes et mimiques qui accompagnent les paroles sont indiqués en italique, comme le fait un dramaturge qui veut renseigner les acteurs (et les lecteurs) sur la manière dont telle scène doit être jouée :

> L'EXEMPT. Où est votre mari ?
> LA PÂTISSIÈRE. Il n'y est pas.
> L'EXEMPT, *écartant le rideau.* Qui est-ce qui est donc là ? (p. 131).

Ailleurs, Diderot précise entre parenthèses : « *Ici Jacques se met à rire et à siffler* » (p. 289). La didascalie peut encore souligner un aparté rapide : « JACQUES, *après avoir dit entre ses dents : "Tu me le*

1. Pages 144-145 du roman; voir aussi p. 145-146.

payeras ce maudit portrait", ajouta : Vous avez été fou de cette femme-là ? » (p. 298). On retrouve ici le même procédé que dans un texte de théâtre[1].

La pantomime

Il arrive enfin que l'écriture donne à voir une véritable scène muette. La conversation cesse, les personnages prennent des poses, sont des acteurs qui miment :

> Après ce mot [le marquis des Arcis] se mit à se promener en long et en large sans mot dire ; il allait aux fenêtres, il regardait le ciel, il s'arrêtait devant Mme de La Pommeraye [...], qui travaillait sans l'apercevoir ; il voulait parler, il n'osait[2].

Ce jeu de scène qui traduit le désespoir du marquis, Diderot se contente de l'indiquer. Il n'analyse pas le sentiment lui-même, mais ses manifestations extérieures.

UNE LANGUE EXPRESSIVE

Quand il ne recourt pas à des procédés propres au théâtre, Diderot use d'une langue expressive par la précision de son vocabulaire, par le rythme et la construction de ses phrases, par la rapidité de ses narrations.

Un vocabulaire concret

Diderot a le sens du mot précis. Il dit les choses simplement, comme elles sont. Quelques mots ordinaires lui suffisent pour planter un décor :

> C'était l'après-dîner : il faisait un temps lourd ; son maître s'endormit. La nuit les surprit au milieu des champs ; les voilà fourvoyés (p. 36).

Diderot nomme un chat un chat et un cheval pie un cheval pie[3]. Les personnages s'expriment selon leur niveau de culture et, parfois,

---

1. Voir, pour d'autres exemples, p. 131, 298 et 299 du roman.
2. Page 177 du roman ; voir aussi, pour d'autres exemples, p. 169, 192, 193 et 243.
3. Page 75 du roman. Un cheval pie a une robe noire et blanche.

selon leur profession ou leur condition sociale. Un certain pittoresque en naît. Les médecins ont un vocabulaire anatomique[1], les prêtres parlent latin[2], et l'hôtesse s'exprime comme une aubergiste[3].

Le rythme des phrases

Une grande diversité caractérise la prose de Diderot. Souvent ses phrases épousent le style parlé. C'est tantôt par un effet d'ellipse[4] :

> LE MAÎTRE. Tu as donc été amoureux ?
> JACQUES. Si je l'ai été ! (p. 36).

Pour être complète, la réponse de Jacques aurait dû être : « Oui, j'ai vraiment été amoureux », mais elle aurait perdu en vivacité.

Ce sont tantôt des énoncés qui se réduisent à une seule proposition subordonnée, la proposition principale étant sous-entendue :

> JACQUES. Cela était impossible.
> LE MAÎTRE. Pourquoi ?
> JACQUES. Parce qu'ils ne l'ont pas fait (p. 43).

Parfois la phrase est nominale et se limite à un substantif :

> – Et qui est son maître ?
> – Le bourreau (p. 105).

Le mot prend alors une forte valeur.

Ailleurs, des répétitions soulignent l'importance d'un terme ou l'insolite d'une situation :

> LE MAÎTRE. Avec un bâillon !
> JACQUES. Oui, avec un bâillon ; et c'est à ce maudit bâillon que je dois la rage de parler (p. 153).

Quand Diderot ne mime pas les facilités et les raccourcis du discours oral, il privilégie les verbes de mouvement. Sa phrase devient courte et sèche dans la description des attitudes des personnages :

> Au lieu de se lever, elle [Mlle d'Aisnon] s'avança vers lui sur ses genoux ; elle tremblait de tous ses membres ; elle était échevelée ; elle avait le corps un peu penché (p. 193).

---

1. Voir, par exemple, p. 70 du roman.
2. Voir, par exemple, p. 222 du roman.
3. Voir, par exemple, p. 196 du roman.
4. *Ellipse* : omission d'un ou de plusieurs mots ; par exemple : « chacun son tour » est une ellipse pour « chacun doit agir à son tour ».

Son art de la concision ramasse en quelques mots toute l'évolution sentimentale de Mme de La Pommeraye qui cesse d'aimer le marquis des Arcis ; elle se dit à elle-même :

> [...] vous n'avez plus le même plaisir à le voir ; cette inquiétude quand il tardait à revenir ; cette douce émotion au bruit de sa voiture, quand on l'annonçait, quand il paraissait, vous ne l'éprouvez plus (p. 147-148).

Des descriptions rapides

Les descriptions, toujours réduites au minimum, mettent toujours l'accent sur des faits, des détails concrets : le maître de Jacques « s'était assoupi au bord du grand chemin, la bride de son cheval passée dans son bras, et l'animal paissait l'herbe autour du dormeur, autant que la longueur de la bride le lui permettait » (p. 63). Trois ou quatre adjectifs composent un portrait : Denise est une « jeune brune à la taille légère, aux yeux noirs » (p. 203). Parfois, jouant sur les oppositions de mots, sur la diversité des vêtements, le portrait touche à la caricature : l'aubergiste « était court et gros comme un tonneau ; en chemise retroussée jusqu'aux coudes ; avec un bonnet de coton sur la tête, un tablier de cuisine autour de lui et un grand couteau à son côté » (p. 105). S'agit-il de décrire un mouvement de foule ? Quelques notations et verbes de mouvement y parviennent :

> C'était dans la saison des récoltes : les champs étaient couverts de travailleurs. Tous laissent leurs faucilles, s'attroupent autour de cet homme, et lui demandent où est le voleur, où est l'assassin (p. 61-62).

UNE VARIÉTÉ DE REGISTRES

Jacques le Fataliste présente une extrême variété de registres, de l'humour à l'ironie, du comique et de ses différentes nuances au pathétique.

L'humour

C'est sans doute le registre le plus difficile à analyser, car l'humour naît toujours d'un décalage entre la réalité décrite et la manière dont elle est commentée par le narrateur ou par les personnages. Ainsi, l'hôtesse qui décrit comment Mme de La Pommeraye a vécu l'éloignement du marquis des Arcis, ajoute son propre commentaire à l'adresse de Jacques et de son maître : « Je ne vous ferai point le détail de toutes nos extravagances quand on nous délaisse, vous en seriez trop vains » (p. 147). Du décalage entre le drame de l'amour qui se meurt et le ton de la narratrice naît l'humour. Cette distanciation est également à la base de la plupart des interventions personnelles de Diderot : « Je vous fais grâce de toutes ces choses, que vous trouverez dans les romans, dans la comédie ancienne et dans la société[1] ». Un des charmes de *Jacques le Fataliste* réside dans la constante et distante désinvolture que Diderot affiche par rapport à son œuvre.

L'ironie

L'ironie est complice de l'humour dont elle se distingue pourtant. Elle peut consister à reprendre les paroles d'un tiers pour les placer dans un autre contexte, de telle sorte qu'elles changent de valeur et de sens : « Tu es venu, tu as vu et tu as vaincu » (p. 284), dit le maître à Jacques. Cet écho aux célèbres paroles de Jules César[2] devant le sénat romain après la conquête de la Gaule prend une coloration ironique dans la mesure où Jacques n'a rien d'un grand capitaine et où il ne s'agit que de ses amours. Parfois, l'ironie revêt la forme plus subtile de la parodie[3] : tel est le cas, par exemple, de l'oraison funèbre que le maître prononce à l'occasion de la mort (supposée) du capitaine de Jacques. En principe, l'oraison funèbre est un éloge du

---

1. Voir, dans le roman, p. 49 ; à propos des adresses de Diderot au lecteur, voir aussi ci-dessus, p. 49-50.
2. *Veni, vidi, vivi* : « Je suis venu, j'ai vu, j'ai vaincu ».
3. Sur la parodie, voir ci-dessus, p. 88-90.

disparu. Le maître en conserve la forme déclamatoire[1], mais il en détourne la fonction :

> Loin de chercher des excuses aux fautes légères qui lui échappaient, il s'occupait avec toute la méchanceté d'un ennemi à se les exagérer, et avec tout l'esprit d'un jaloux à rabaisser le prix de ses vertus par un examen rigoureux des motifs qui l'avaient peut-être déterminé à son insu (p. 84).

L'ironie consiste ici à critiquer le capitaine dans ce qui devrait être, en principe, un éloge de ses qualités.

Le comique

Les effets comiques sont nombreux dans *Jacques le Fataliste.*

La scène d'amour que Jacques, blessé, perçoit à travers la cloison de sa chambre (p. 54-55), le récit de ses premières expériences sexuelles appartiennent à la veine rabelaisienne du comique gaulois.

La méprise qui fait prendre Nicole, la chienne de l'hôtesse, pour une petite fille, relève du quiproquo souriant (p. 127).

À la confluence du comique de mots et du comique de caractère figure une évocation du *Médecin malgré lui* de Molière, dont Diderot affirme qu'il a rencontré le « pendant » : « Quoi ! le pendant du mari à qui sa femme dit : J'ai trois enfants sur les bras ; et qui lui répond : Mets-les à terre. Ils me demandent du pain : donne-leur le fouet[2] ». *Jacques le Fataliste* renferme toute la gamme possible du comique.

Le pathétique

L'émotion n'est pourtant pas absente du roman. Plusieurs scènes tentent de créer chez le lecteur un fort sentiment de pitié. Mme des Arcis se jette aux pieds de son époux, « la face collée contre le parquet », « les bras étendus à terre entre les pieds du marquis » (p. 192). Le pathétique apparaît encore dans l'épisode du seigneur Desglands et de son rival auprès de la « belle veuve » :

> Tout ce qu'une femme peut faire décemment pour les réconcilier, elle le fit ; elle supplia, elle pleura, elle s'évanouit [...] ; elle serrait

1. L'oraison funèbre possède toujours un style soutenu et noble.
2. Dans *Le Médecin malgré lui* (1666), un mari ivrogne et rustre fait les mêmes répliques.

> les mains à Desglands, elle tournait ses yeux inondés de larmes sur l'autre. Elle disait à celui-ci : « Et vous m'aimez !... », à celui-là : « Et vous m'avez aimée... » (p. 302).

UN ART DE CONTEUR

Diderot est en définitive un conteur-né. La variété de son propos tient constamment l'attention du lecteur en éveil. L'auteur de *Jacques le Fataliste* a l'art d'accélérer son récit par l'accumulation des participes présents et des infinitifs de narration[1]. Il sait ménager des surprises. Ses interventions font du lecteur son interlocuteur privilégié comme pour mieux l'entraîner dans l'univers de la fiction :

> La vérité, me direz-vous, est souvent froide, commune et plate ; par exemple, votre dernier récit du pansement de Jacques est vrai, mais qu'y a-t-il d'intéressant ? Rien. – D'accord. – S'il faut être vrai, c'est comme Molière [...] ; la vérité a ses côtés piquants, qu'on saisit quand on a du génie (p. 71).

1. Voir, par exemple, p. 36-37, 46-47, 62-63 du roman.

TROISIÈME PARTIE

Lectures analytiques

Texte 1 | Incipit[1]

(pages 36 à 37)

Jacques commença l'histoire de ses amours. C'était l'après-[dîner] : il faisait un temps lourd ; son maître s'endormit. La nuit les surprit au milieu des champs ; les voilà fourvoyés. Voilà le maître dans une colère terrible et tombant à grands coups de fouet sur son valet, et le pauvre diable disant à chaque coup : « Celui-là était apparemment encore écrit là-haut… »

Vous voyez, lecteur, que je suis en beau chemin, et qu'il ne tiendrait qu'à moi de vous faire attendre un an, deux ans, trois ans, le récit des amours de Jacques, en le séparant de son maître et en leur faisant courir à chacun tous les hasards qu'il me plairait. Qu'est-ce qui m'empêcherait de marier le maître et de le faire cocu ? d'embarquer Jacques pour les îles ? d'y conduire son maître ? de les ramener tous les deux en France sur le même vaisseau ? Qu'il est facile de faire des contes ! Mais ils en seront quittes l'un et l'autre pour une mauvaise nuit, et vous pour ce délai.

L'aube du jour parut. Les voilà remontés sur leurs bêtes et poursuivant leur chemin… – Et où allaient-ils ? – Voilà la seconde fois que vous me faites cette question, et la seconde fois que je vous réponds : Qu'est-ce que cela vous fait ? Si j'entame le sujet de leur voyage, adieu les amours de Jacques… Ils allèrent quelque temps en silence. Lorsque chacun fut un peu remis de son chagrin, le maître dit à son valet : – Eh bien, Jacques, où en étions-nous de tes amours ?

1. Les titres donnés aux textes sont de l'éditeur.

INTRODUCTION

Situer le passage

Jacques et son maître chevauchent sur une route et vers une destination que Diderot s'est refusé à préciser. Pour meubler le temps, Jacques entreprend, à la demande de son maître, le récit de ses amours. Du moins s'il « est écrit là-haut » (p. 35) qu'il doive les raconter, car Jacques professe un fatalisme absolu. « À tout hasard, commence toujours » (p. 36), lui dit son maître.

Dégager des axes de lecture

Sous une apparence désinvolte, l'extrait aborde le problème majeur de toute écriture romanesque : celui de ses rapports avec le réel. La manière dont s'y prend Diderot se révèle paradoxale. La multiplication des voix narratives lui permet de dénoncer les invraisemblances du roman traditionnel, pour instaurer un nouveau pacte de lecture, qui ne repose pas moins sur une illusion.

PREMIER AXE DE LECTURE
LES VOIX NARRATIVES

Une pluralité de voix

Fils narratifs et discours s'entrelacent. On distingue en effet :

- le récit du voyage de Jacques et de son maître, rapporté par un narrateur invisible et extérieur au récit (l. 1-6, 20-21) ;
- à l'intérieur de ce récit, l'ébauche du récit que Jacques fait à son maître : « Jacques commença l'histoire de ses amours » (l. 1) ;
- les interventions de l'auteur qui s'adresse au lecteur (l. 8, 21-22) ;
- les questions (supposées) du lecteur à l'auteur (l. 19-20).

Le texte n'est donc pas univoque et fragmente l'agencement linéaire de l'intrigue.

Les glissements de points de vue

Le passage d'une voix à une autre s'opère de deux façons :

- par le procédé de l'interruption : l'auteur coupe la parole à Jacques (l. 8), comme le lecteur interrompt le narrateur (l. 19) ;

– par le télescopage des temps : le temps de la lecture se superpose à celui de l'écriture : « Vous voyez, lecteur, que je suis en beau chemin... » (l. 8), qui lui-même paraît contemporain de celui du récit, comme l'indique ce passage sans transition des mots : « et vous pour ce délai » (l. 17) à : « L'aube du jour parut » (l. 18).

DEUXIÈME AXE DE LECTURE
UNE DÉNONCIATION DU ROMAN

Le rejet de la fiction

Diderot détruit l'illusion romanesque en soulignant l'arbitraire des conventions narratives : « Qu'est-ce qui m'empêcherait de marier le maître et de le faire cocu ? » (l. 12-13). Il se moque ainsi des romanciers démiurges. Les conditionnels présents rejettent dans un ailleurs invraisemblable les aventures envisagées. L'assimilation du roman à un « conte » (l. 16) porte condamnation, au nom de la vraisemblance, de toute fiction.

La frustration du lecteur

Le lecteur se trouve doublement frustré :
– par la technique (fréquente dans la suite de l'œuvre) du retardement systématique. « Jacques commença l'histoire de ses amours » (l. 1) : en fait, il n'en est rien ; le récit dévie : « C'était l'après-dîner : il faisait un temps lourd » (l. 2). À la fin de l'extrait, le lecteur en est au même point qu'au début : « Eh bien, Jacques, où en étions-nous de tes amours ? » (l. 25). Rien n'a avancé. Et une nuit vient de s'écouler ;
– par la fausse excuse et presque par la mauvaise foi de l'auteur. Diderot refuse de préciser les raisons et l'itinéraire du voyage au motif que s'il « entame le sujet de leur voyage, adieu les amours de Jacques » (l. 22-23). Or nous n'en saurons pas davantage sur l'un et l'autre sujets !

TROISIÈME AXE DE LECTURE
UN NOUVEAU PACTE DE LECTURE

Le statut de l'auteur

Dans un roman traditionnel, l'auteur se dissimule souvent dans le plus strict des anonymats. En intervenant à découvert dans le récit, Diderot s'y intègre par là même. Il se pose moins en créateur qu'en observateur de ses personnages, comme l'indique le présentatif *voilà* : « [...] les *voilà* fourvoyés. *Voilà* le maître dans une colère terrible » (l. 3-4). D'observateur, l'auteur devient ensuite commentateur de son propre écrit : « Vous voyez, lecteur... » (l. 8).

Diderot joue donc sur plusieurs registres : il est tour à tour créateur, témoin et intervenant.

Le statut du lecteur

Le lecteur, quant à lui, est contraint d'abandonner son rôle passif. Diderot en fait son interlocuteur privilégié : « Voilà la seconde fois que vous me faites cette question, et la seconde fois que je vous réponds : Qu'est-ce que cela vous fait ? » (l. 19-22).

Comme le procédé et la situation se répéteront souvent dans la suite du récit, le lecteur devient un acteur du roman. À la conversation de Jacques et de son maître se superpose celle de Diderot et de son lecteur. Les conventions habituelles du pacte de lecture en sont bouleversées.

CONCLUSION

L'ouverture de *Jacques le Fataliste* se caractérise par son originalité. Son intérêt est de le rendre plus vraisemblable, d'autant plus vraisemblable qu'elle renferme une dénonciation des invraisemblances romanesques. Mais on ne saurait oublier que cette impression de réel est elle-même une illusion. C'est en effet Diderot qui demeure, d'un bout à l'autre, le maître du jeu.

Texte 2 Histoire de Mme de La Pommeraye

(page 145)

L'HÔTESSE. Cette femme vivait très retirée. Le marquis était un ancien ami de son mari ; elle l'avait reçu, et elle continuait de le recevoir. Si on lui pardonnait son goût efféminé[1] pour la galanterie, c'était ce qu'on appelle un homme d'honneur. La poursuite[2] constante du marquis, secondée de ses qualités personnelles, de sa jeunesse, de sa figure[3], des apparences de la passion la plus vraie, de la solitude, du penchant à la tendresse, en un mot, de tout ce qui nous livre à la séduction des hommes… *(Madame ? – Qu'est-ce ? – C'est du courrier. – Mettez-le à la chambre verte, et servez-le à l'ordinaire*[4]) eut son effet, et Mme de La Pommeraye, après avoir lutté plusieurs mois contre le marquis, contre elle-même, exigé selon l'usage les serments les plus solennels, rendit heureux le marquis, qui aurait joui du sort le plus doux, s'il avait pu conserver pour sa maîtresse les sentiments qu'il avait jurés et qu'on avait pour lui. Tenez, monsieur, il n'y a que les femmes qui sachent aimer ; les hommes n'y entendent rien… *(Madame ? – Qu'est-ce ? – Le Frère Quêteur. – Donnez-lui douze sous pour ces messieurs qui sont ici, six sous pour moi, et qu'il aille dans les autres chambres.)* Au bout de quelques années, le marquis commença à trouver la vie de Mme de La Pommeraye trop unie[5]. Il lui proposa de se répandre dans la société : elle y consentit ; à recevoir quelques femmes et quelques hommes : et elle y consentit ; à avoir un dîner-souper : et elle y consentit. Peu à peu, il passa un jour, deux jours sans la voir ; peu à peu il manqua

---

1. *Goût efféminé* : goût pour une molle volupté.
2. *Poursuite* : assiduité amoureuse.
3. *Figure* : au sens général d'allure, de physionomie.
4. *Servir à l'ordinaire* : servir au client le repas commun à tous, probablement à la table d'hôte.
5. *Trop unie* : trop monotone.

au dîner-souper qu'il avait arrangé ; peu à peu il abrégea ses visites ; il eut des affaires qui l'appelaient : lorsqu'il arrivait, il disait un mot, s'étalait dans un fauteuil, prenait une brochure, la jetait, parlait à son chien ou s'endormait.

INTRODUCTION

Situer le passage

Le mauvais temps contraint Jacques et son maître de prolonger leur halte dans une auberge. Parmi les clients figure le marquis des Arcis, dont l'hôtesse aubergiste raconte bientôt l'histoire à nos deux voyageurs. Le marquis était tombé amoureux de Mme de La Pommeraye, une jeune veuve qui avait été si malheureuse durant son mariage qu'elle avait décidé de ne plus s'attacher à aucun homme.

Dégager des axes de lecture

Cette page témoigne de l'art avec lequel Diderot conduit ses récits, ainsi que de la manière dont il analyse les évolutions sentimentales. Elle illustre aussi l'idée que Diderot se fait de l'amour, à la fois pessimiste et romanesque dans ses rebondissements.

PREMIER AXE DE LECTURE
L'ART DU RÉCIT

Une extrême concision

Le récit frappe par sa rapidité : en quelques lignes, Diderot décrit la naissance et la mort d'une passion. Il y parvient en jouant sur le temps. Tantôt le temps est renvoyé à un passé indéterminé, sans précision temporelle : c'est le rôle des imparfaits de l'indicatif dont la valeur durative demeure vague. Tantôt le temps se contracte pour créer une accélération du récit : « après avoir lutté plusieurs mois » (l. 12) ; « au bout de quelques années » (l. 21). Tantôt se trouve suggérée une progressivité, par la récurrence de la locution adverbiale « peu à peu » (l. 25, 26, 27). Quant aux passés qui l'accompagnent, ils dépeignent autant de faits ponctuels, dont l'accumulation exprime l'affadissement de la passion chez le marquis.

Vivacité et vérité

L'hôtesse s'interrompt à deux reprises pour répondre aux questions de son personnel (l. 9-11, 18-20). Loin de nuire à l'intérêt du récit, ces interruptions le renforcent. Elles font participer le lecteur à la vie de l'auberge. Le contexte de l'énonciation enracine ainsi le propos dans un certain réalisme.

Narratrice, l'hôtesse est aussi commentatrice de son propre récit, quand, par exemple, elle prend à témoin le maître de Jacques : « Tenez, Monsieur, il n'y a que les femmes qui sachent aimer ; les hommes n'y entendent rien... » (l. 16-18).

Il en découle une impression de vérité et de spontanéité.

DEUXIÈME AXE DE LECTURE
L'ART DE L'ANALYSE

De la rhétorique classique...

Diderot recourt à la langue traditionnelle du roman d'analyse pour dépeindre la naissance de la passion chez Mme de La Pommeraye. Le vocabulaire est d'un niveau élevé, volontiers abstrait, comme il était déjà d'usage dans les romans psychologiques du XVIIe siècle (dans *La Princesse de Clèves,* par exemple) : « galanterie », « poursuite », « qualités personnelles », « tendresse » (l. 4-8).

Comme nous savons que Mme de La Pommeraye est de bonne naissance et qu'elle a reçu une éducation raffinée (p. 144), cette peinture quelque peu précieuse de la passion correspond à son caractère et à sa dignité. Discrètement et brièvement, le récit adopte d'ailleurs son point de vue : « Si *on* lui pardonnait... » (l. 3) : le pronom indéfini la désigne, avec un tact tout mondain.

Qu'une aubergiste maîtrise une telle rhétorique pourrait étonner si Diderot n'avait averti son lecteur que l'hôtesse avait elle aussi reçu une bonne éducation[1].

1. Voir ci-dessus, note 1, p. 33.

… au comportement en action

L'éloignement affectif du marquis ne fait en revanche l'objet d'aucune analyse abstraite. C'est par une succession d'attitudes et de gestes qu'il est suggéré : « Peu à peu il passa un jour, deux jours sans la voir ; peu à peu il manqua au dîner-souper qu'il avait arrangé ; peu à peu il abrégea ses visites… » (l. 25-27). Point de pensées secrètes, ni d'introspection. Les faits parlent par eux-mêmes. Le récit donne à voir.

Diderot applique à l'écriture narrative ce qu'il recommande au théâtre, pour le drame bourgeois[1] : des détails et une gestuelle significatifs, qui accroissent la vraisemblance, et qui persuadent plus qu'un long discours.

TROISIÈME AXE DE LECTURE
UNE PEINTURE PESSIMISTE ET ROMANESQUE DE LA PASSION

L'usure du temps

L'amour apparaît à la fois comme une fatalité naturelle et comme un état passager, non moins naturel.

Après avoir expliqué les raisons pour lesquelles Mme de La Pommeraye s'attache au marquis, l'hôtesse conclut par cette formule : « […] tout ce qui nous livre à la séduction des hommes » (l. 8-9). Le pronom personnel *nous* souligne la communauté de destin de la narratrice et de son personnage et, par extension, de toutes les femmes. Quant au verbe *livrer,* il implique l'idée d'une force à laquelle il est impossible de résister.

Fatale, la passion n'est pas pour autant durable : « Au bout de quelques années, le marquis commença à trouver la vie de Mme de La Pommeraye trop unie » (l. 20-22). L'habitude et le temps finissent par émousser et par tuer la passion. Rien n'est moins romantique.

1. Voir ci-dessus, p. 8-9.

Un silence romanesque et inquiétant

La seconde partie de l'extrait décrit l'évolution du marquis, et de moins en moins celle de Mme de La Pommeraye. À tout ce que celui-là lui propose, celle-ci *consent* : le verbe revient par trois fois (l. 23, 24, 25). Or son consentement ne peut qu'étonner parce qu'il reste mystérieux. S'explique-t-il par le désir de plaire à l'homme qu'elle aime ? Ou, au contraire, par une indifférence semblable à celle du marquis ?

La fin de l'extrait rejette Mme de La Pommeraye dans le silence le plus total. Il n'est même plus fait mention d'elle. Cet effacement est trop discret et trop complaisant pour ne pas devenir inquiétant. La suite le montrera. Diderot sait ménager ses rebondissements romanesques.

CONCLUSION

L'histoire de Mme de La Pommeraye constitue le plus important des récits secondaires que renferme *Jacques le Fataliste.* Diderot éprouve en effet un plaisir réel à conter et à raconter, comme en témoignent la vivacité et la concision avec laquelle s'exprime l'hôtesse. Mais ces récits secondaires s'expliquent aussi par la conception que Diderot se fait du roman : une œuvre multiforme, soumise au hasard des rencontres et de la vie.

Texte 3 La philosophie de Jacques

(pages 217 à 218)

Jacques ne connaissait ni le nom de vice, ni le nom de vertu ; il prétendait qu'on était heureusement ou malheureusement né. Quand il entendait prononcer les mots [récompenses] ou [châtiments], il haussait les épaules. Selon lui la récompense était l'encouragement des bons ; le châtiment, l'effroi des méchants. Qu'est-ce autre chose, disait-il, s'il n'y a point de liberté, et que notre destinée soit écrite là-haut ? Il croyait qu'un homme s'acheminait aussi nécessairement à la gloire ou à l'ignominie, qu'une boule qui aurait la conscience d'elle-même suit la pente d'une montagne ; et que, si l'enchaînement des causes et des effets qui forment la vie d'un homme depuis le premier instant de sa naissance jusqu'à son dernier soupir nous était connu, nous resterions convaincus qu'il n'a fait que ce qu'il était nécessaire de faire. Je l'ai plusieurs fois contredit, mais sans avantage et sans fruit. En effet, que répliquer à celui qui vous dit : Quelle que soit la somme des éléments dont je suis composé, je suis un ; or, une cause n'a qu'un effet ; j'ai toujours été une cause une ; je n'ai donc jamais eu qu'un effet à produire ; ma durée n'est donc qu'une suite d'effets nécessaires. C'est ainsi que Jacques raisonnait d'après son capitaine. La distinction d'un monde physique et d'un monde moral lui semblait vide de sens. Son capitaine lui avait fourré dans la tête toutes ces opinions qu'il avait puisées, lui, dans son Spinoza qu'il savait par cœur.

INTRODUCTION

Situer le passage

Comme il l'a déjà fait plusieurs fois auparavant, Diderot interrompt son récit pour s'adresser à son lecteur. Il lui expose la philosophie de

Jacques d'après les conversations, dit-il, qu'il eut avec lui : « Tout ce que je vous débite là, lecteur, je le tiens de Jacques, je vous l'avoue, parce que je n'aime pas à me faire honneur de l'esprit d'autrui » (p. 217).

Dégager des axes de lecture

L'extrait est un raisonnement philosophique. Il débute par un constat : la morale est une création sociale. S'ensuit la justification philosophique de ce constat, que Diderot aborde de manière critique et distanciée.

PREMIER AXE DE LECTURE SOURCE ET FONCTION DE LA MORALE

Le déterminisme moral

Jacques qui ne connaît « ni le nom de vice, ni le nom de vertu » (l. 1-2), ne croit pas à l'existence d'une morale universelle, éternelle, intangible. La morale est affaire de hasard.

Selon qu'il est « heureusement ou malheureusement né » (l. 2-3), l'individu a des dispositions pour le bien ou pour le mal. Tout dépend donc de l'inné. La morale n'existe pas par elle-même ni en elle-même.

Une utilité sociale

Pourtant, si l'homme se réfère à la morale, c'est que la vie sociale impose de réguler les comportements individuels : la « récompense [est] l'encouragement des bons; le châtiment, l'effroi des méchants » (l. 5-6). La morale est indispensable au fonctionnement d'une société. Elle est un fait culturel et politique.

DEUXIÈME AXE DE LECTURE
L'EXPOSÉ PHILOSOPHIQUE

L'illusion de la liberté

Jacques poursuit sa démonstration en deux temps :

– par un raisonnement *a contrario* (preuve par le contraire) : pour que le monde moral existe par lui-même, il faudrait que l'homme soit capable de distinguer entre le bien et le mal. Or tel n'est pas le cas : Jacques « cro [it] que l'homme s'achemin [e] aussi nécessairement à la gloire ou à l'ignominie qu'une boule qui aurait la conscience d'elle-même, suit la pente d'une montagne » (l. 8-11) ;

– par un raisonnement par l'absurde : à supposer que la boule se croit libre, elle n'en continuerait pas moins de dévaler la pente. Telle est l'image de la condition de l'homme.

Le fatalisme de Jacques

Cette nécessité qui entraîne l'homme, Jacques l'explique par le fatalisme : « Notre destinée [est] écrite là-haut ». Par définition, le fatalisme est une doctrine métaphysique ou religieuse, qui considère que la volonté ne peut modifier aucun événement, car tout est fixé à l'avance par Dieu ou par le destin. La vie de chacun est donc le fruit de « l'enchaînement des causes et des effets » (l. 11 et 18-21), décidé et prévu à son insu.

TROISIÈME AXE DE LECTURE
L'EXAMEN CRITIQUE

La référence à Spinoza

Philosophe hollandais (1632-1677), Spinoza est surtout célèbre pour son *Éthique* (1677). Pour Spinoza, le monde physique [terrestre] est le seul possible, car il se confond avec Dieu. C'est une forme de panthéisme[1]. Or Dieu ne peut se ramener à aucune cause dont il

1. *Panthéisme* : terme d'origine grecque signifiant littéralement « tout est Dieu ». Le panthéisme est donc une doctrine selon laquelle Dieu est la somme de tout ce qui existe. Il peut parfois conduire à une divinisation de la nature.

dépendrait (sans quoi il ne serait plus Dieu) : il est à lui-même sa propre cause.

C'est pourquoi «la distinction d'un monde physique et d'un monde moral (= spirituel) [semble à Jacques] vide de sens» (l. 22-23). Entre les deux mondes existe une analogie complète et absolue. Jacques en tire argument pour conclure à l'existence d'une nécessité souveraine : «Quelle que soit la somme des éléments dont je suis composé, je suis un; or une cause n'a qu'un effet, j'ai toujours été une cause une; je n'ai donc jamais eu qu'un effet à produire» (l. 17-20).

Les doutes de Diderot

Diderot n'adhère pas à la philosophie de Jacques, ni ne l'assume : «Je l'ai plusieurs fois contredit, mais sans avantage et sans fruit» (l. 15-16), précise-t-il. Le vocabulaire qu'il utilise à la fin de l'extrait est d'ailleurs dépréciatif : «Son capitaine lui *avait fourré* dans la *tête* toutes ces opinions» (l. 23-24). En outre, Diderot ne prétend même pas exposer dans toute son exactitude la doctrine de Spinoza : il rapporte ce que Jacques lui a dit, qui lui-même tenait ses idées de son capitaine. C'est un on-dit d'après un on-dit.

CONCLUSION

L'intérêt de ce passage est triple :

– il précise le cheminement intellectuel de Jacques en même temps que son caractère;

– il montre l'écart qui existe entre le fatalisme théorique de Jacques et son comportement (tant antérieur qu'ultérieur). En fait Jacques n'invoque le fatalisme qu'après coup, pour justifier l'un de ses échecs ou pour se consoler d'une de ses mésaventures;

– il témoigne des interrogations mêmes de Diderot. Si celui-ci n'adhère pas au fatalisme, il croit en un déterminisme moral, mais comment, dès lors, concilier liberté et conscience? S'il professe un incontestable matérialisme, comment évaluer les conduites humaines? En ce sens *Jacques le Fataliste* est un conte philosophique qui interroge le monde et où l'homme s'interroge lui-même.

Texte 4 Épilogue

(pages 325 à 326)

Et moi, je m'arrête, parce que je vous ai dit de ces deux personnages tout ce que j'en sais. – Et les amours de Jacques ? Jacques a dit cent fois qu'il était écrit là-haut qu'il n'en finirait pas l'histoire, et je vois que Jacques avait raison. Je vois, lecteur, que cela vous fâche ; eh bien, reprenez son récit où il l'a laissé, et continuez-le à votre fantaisie ou bien faites une visite à Mlle Agathe, sachez le nom du village où Jacques est emprisonné ; voyez Jacques, questionnez-le : il ne se fera pas tirer l'oreille pour vous satisfaire ; cela le désennuiera. D'après des mémoires que j'ai de bonnes raisons de tenir pour suspects, je pourrais peut-être suppléer ce qui manque ici ; mais à quoi bon ? on ne peut s'intéresser qu'à ce qu'on croit vrai. Cependant comme il y aurait de la témérité à prononcer sans un mûr examen sur les entretiens de Jacques le Fataliste et de son maître, ouvrage le plus important qui ait paru depuis le *Pantagruel* de maître François Rabelais[1], et la vie et les aventures du *Compère Mathieu*[2], je relirai ces mémoires avec toute la contention d'esprit[3] et toute l'impartialité dont je suis capable ; et sous huitaine je vous en dirai mon jugement définitif, sauf à me rétracter lorsqu'un plus intelligent que moi me démontrera que je me suis trompé.

---

1. Avec *Gargantua* (1534), *Pantagruel* (1532) est l'un des romans les plus célèbres de Rabelais (1483-1553). Les personnages principaux en sont des géants.

2. *Compère Mathieu* est un roman de l'abbé Henri-Joseph Dulaurens, publié de 1766 à 1773. La lecture de récits picaresques et licencieux a incontestablement influencé Diderot, qui fut même accusé d'avoir plagié celui de Dulaurens.

3. *Contention d'esprit* : avec application et effort dans l'analyse.

INTRODUCTION

Situer le passage

Le maître de Jacques parvient au terme de son voyage, chez la nourrice qui élève l'enfant dont il a dû bien malgré lui endosser la paternité (voir ci-dessus p. 53). À peine a-t-il mis pied à terre qu'un homme sort de la maison. C'est le chevalier de Saint-Ouin, son rival heureux auprès d'Agathe et le véritable père de l'enfant. Un duel s'ensuit aussitôt. Le chevalier est tué. Le maître s'enfuit au galop. Jacques est, quant à lui, arrêté, jugé, jeté en prison. Diderot déclare terminer ici son récit.

Dégager des axes de lecture

Cet extrait constitue les premières lignes de l'épilogue, qui retiennent l'attention par leur aspect désinvolte, par leur portée parodique et par le fait qu'au lieu de clore l'œuvre, elles la laissent ouverte.

PREMIER AXE DE LECTURE
UN ÉPILOGUE DÉSINVOLTE

Un récit sans dénouement

Le récit s'achève (presque) comme il a commencé : par une référence aux amours de Jacques, dont le lecteur s'amuse et s'agace de ne pas vraiment les connaître après plus de trois cents pages. Comme si ces amours n'avaient été qu'un prétexte à une ample conversation sur tous les sujets, du plus léger au plus grave. Déçu dans son attente, le lecteur n'est pour autant guère surpris, depuis le temps que Diderot lui promet l'histoire des amours de Jacques pour à chaque fois en reporter le récit ! Tout se passe comme si l'œuvre ne devait jamais recevoir de dénouement.

Les justifications de Diderot

Diderot se justifie par deux arguments :
– le premier relève d'une (apparente) vraisemblance : feignant, comme il le fait depuis le début, d'être non le romancier créateur de

ses personnages, mais leur observateur et compagnon de route invisible, il assure avoir dit tout ce qu'il savait d'eux (l. 1-2);
– le second d'une (apparente) logique : Jacques n'a-t-il pas dit « cent fois qu'il était écrit là-haut qu'il [...] ne finirait pas l'histoire » de ses amours (l. 3-4) ? Tout se passe comme si le récit était lui aussi marqué par le fatalisme.

DEUXIÈME AXE DE LECTURE
UN ÉPILOGUE PARODIQUE

Une satire des procédés à la mode

La référence à des « mémoires » parodie un certain type de roman, en vogue au XVIIIe siècle. L'auteur ou, parfois, un soi-disant éditeur se présentait comme le rapporteur d'un texte supposé authentique.

L'intention parodique est manifeste parce que :
– d'une part Diderot fait allusion à ces mémoires dans l'épilogue, alors que, afin de mieux accréditer la véracité de l'œuvre, l'habitude était au contraire de mentionner leur existence dès l'*incipit*;
– d'autre part Diderot inverse le procédé du recours aux mémoires : loin de lui paraître un gage d'authenticité, il tient ces mémoires pour « suspects » (l. 11).

Le registre de l'ironie

L'ironie de Diderot est permanente. Il feint l'objectivité, promet d'examiner ces mémoires avec « toute la contention (= application soutenue) d'esprit et toute l'impartialité dont il est capable » (l. 18-19). Au terme de cet examen, il donnera son « jugement définitif » et... provisoire, si un « plus intelligent que lui » lui démontre qu'il s'est trompé (l. 20-22) !

Cette posture scientifique est d'autant plus inadéquate que Diderot fait référence au *Pantagruel* de Rabelais (1532) et au *Compère Mathieu* de Dulaurens (1766-1773), deux ouvrages qui appartiennent à la veine du romanesque imaginaire pour le premier, et au courant picaresque et licencieux pour le second.

TROISIÈME AXE DE LECTURE
UN ÉPILOGUE OUVERT

La collaboration du lecteur

Au-delà de son aspect désinvolte et parodique, l'épilogue invite le lecteur à participer à la création de l'œuvre et à en devenir le co-auteur : « Reprenez son récit où il [Jacques] l'a laissé, et continuez-le à votre fantaisie, ou bien faites une visite à Melle Agathe, [...] voyez Jacques, questionnez-le » (l. 8).

C'est évidemment agaçant, comique et absurde : comment le lecteur pourrait-il entreprendre une telle enquête ? Mais l'invitation a du moins le mérite de souligner combien la lecture ne saurait être un acte passif, combien elle participe au contraire de l'élaboration même de l'œuvre (en la poursuivant ou en lui donnant un sens).

Le brouillage de l'écriture romanesque

Qui parle ? c'est-à-dire qui assume l'acte d'écrire ? Tout paraît clair au début de l'extrait, où Diderot prend personnellement la parole : « Et moi je m'arrête, parce que je vous ai dit de ces deux personnages tout ce que j'en sais » (l. 1-2).

Mais l'allusion aux mémoires affaiblit par la suite cette certitude. Est-ce toujours Diderot, ou l'auteur des mémoires en question ? Et, si tel est le cas, qui a parlé jusqu'ici ?

Certes, il s'agit, de la part de Diderot, d'un jeu parodique, et même caricatural. Il n'en demeure pas moins que se trouve ainsi soulevé un problème majeur de l'écriture romanesque : celui de l'interrogation sur l'identité, la fonction et la légitimité du narrateur.

CONCLUSION

Ces premières lignes de l'épilogue sont à tous égard inattendues. L'auteur y fait preuve de la désinvolture à laquelle il nous a accoutumés depuis le début du roman. Mais, sous cette désinvolture, apparaissent les positions esthétiques et critiques de Diderot.

Bibliographie

SUR LE GENRE LITTÉRAIRE DU ROMAN AU XVIIIᴱ SIÈCLE

- COULET Henri, *Le Roman jusqu'à la Révolution,* éd. Armand Colin, 1967, t. I. Une présentation historique et critique du genre romanesque.
- KEMPF Robert, *Diderot et le roman,* éd. du Seuil, 1984 (rééd.). Étude de la technique romanesque de Diderot et des thèmes de son œuvre.

SUR DIDEROT, SA PENSÉE, SA VIE ET SON ŒUVRE

- DE FONTENAY Élisabeth, *Diderot ou le matérialisme enchanté,* Le Livre de poche, 1984. Étude précise et claire de la philosophie de Diderot.
- LEFÈBRE Henri, *Diderot,* éd. de L'Arche, 1984 (rééd.).
- MAY Georges, *Quatre visages de Denis Diderot,* éd. Boivin, 1951. Une présentation de l'œuvre et de l'homme.
- POMEAU René, *Diderot,* éd. PUF, 1967. Une présentation de l'homme et de l'œuvre. Lecture fortement conseillée.
- PROUST Jacques, *Lectures de Diderot,* éd. Armand Colin, coll. « U2 », 1974. Une présentation des diverses interprétations de Diderot. Lecture conseillée.

SUR *JACQUES LE FATALISTE*

- BUTOR Michel, *Répertoire III,* éditions de Minuit, 1968. Voir le chapitre intitulé « Diderot le fataliste et ses maîtres », qui est une tentative de biographie intellectuelle.
- PRUNER Francis, *L'Unité secrète de Jacques le Fataliste,* éd. Minard, 1969. Analyse stylistique et technique de l'œuvre.
- SMIETANSKI Jean, *Le Réalisme dans Jacques le Fataliste,* éd. Nizet, 1965.

FILMOGRAPHIE

- BRESSON Robert, *Les Dames du bois de Boulogne,* 1945. Version moderne de l'histoire de Mme de La Pommeraye.

Index

Guide pour la recherche des idées

Antiroman

Argumentation

Art de conter

Comique

Déterminisme

Écriture théâtrale

Fatalisme

Liberté

Matérialisme

Morale

Satire

Structure de l'œuvre

Les références renvoient aux pages du Profil.

Imprimé en France par **Bussière**
à Saint-Amand (Cher) en août 2006
Dépôt légal : août 2006. N° d'édit. : 77504. N° d'imp. : 062783/1.